GOBOOKS
& SITAK
GROUP©

三日月書版

三日月書版

輕世代
FW137
隔壁の美少女是傳龍不可以嗎？
2
甚音◆NOVEL
ILLUST◆雨宮luky
三日月書版

隔壁の美少女是傳龍不可以嗎？

目錄

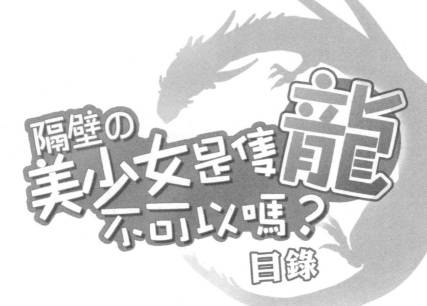

龍羽黑

17歲，雲景高中一年級。喜歡黑色的服飾。
有一點大小姐性格，身為驕傲尊貴的龍族，卻因為年紀輕的緣故，對人類世界的知識不足，常常犯下一些傻事。
不喜歡被兄姐當作小孩子看待，時常想證明自己可以獨立自主。
畢竟是女孩子，私下喜歡可愛的小東西。

韓宇庭

16歲，雲景高中一年級。
綽號是班長，在班上擔任的卻是副班長。
性格溫和、老實，平常不太與人爭執，像個好好先生一樣禮讓他人，但遇到必須保護的東西時，內心能夠激發出勇氣。
受到瘋迷於奇幻魔法的媽媽影響，對智慧種族非常有興趣，偏偏得了「智慧種族過敏症」，而相當苦惱。未來希望念和智慧種族相關的科系。

序

晨光透過窗簾的間隙照射進來，輕柔地在韓宇庭的眼皮上跳舞，他發出帶著濃濃睡意的咕噥，卻很快地從床上坐了起來。

爬向窗邊，將窗簾往兩旁徹底分開，緊接著，出現在他眼前的是一棟屋齡約莫二十年的獨棟洋房，牆上爬滿了常春藤。

韓宇庭住在與雲景市繁華市中心有一段距離的別墅社區裡，雖然環境清幽，生活機能便利，但逐漸老舊的屋況及車程仍使得住戶一家接著一家遷去，到了後來，韓家的左鄰右舍都成了空房，看起來相當寂寞。

但是這樣的情形到了最近終於產生了變化，就在韓宇庭凝視的那扇窗戶後面，掛著一副嶄新的黑色天鵝絨窗簾，說明了有人居住於此的事實。即使這副窗簾現在並沒有打開，也讓韓宇庭露出了微笑。

「好，又是美好的一天！」

大力伸展著懶腰，將還蟄藏體內的睡意一掃而空，不消幾分鐘後，韓宇庭就換好了學校制服，帶著輕快的心情準備推開房門。

這時，他卻聽見了背後傳來一陣敲擊聲。

「咦？」

疑惑的他回頭一看，卻猛然驚叫了出來。

「哇啊！」

就在窗外，一雙比韓宇庭整個人還大的眼睛一動也不動地緊盯著他。

「韓宇庭！」

隨即，無人扳動的玻璃窗自行開啟了，一隻蜥蜴般的大爪伸入房內，將嚇得動彈不得的他抓了出去。

「喂！韓宇庭，動作快一點啊！」

說話的是一臉不耐、坐在椅子上搖晃著雙腳的銀髮女子。

「就算妳這麼說，可是早餐的肉排也不可能馬上就煎好啊！鱗銀小姐。」韓宇庭無奈地說道。

此時的他穿著制服，腰間繫了一件圍裙，站在瓦斯爐前小心翼翼地煎翻著荷包蛋與肉片。

「快點啊！我可是得趕在心愛的小黑起床之前，就把豐盛的早餐準備好，我可是等不及要聽到她親口說出『妳真是我最棒的姐姐了』這類的感謝詞了，哼哼哼……」

「既然如此，那妳更應該親手做她的早餐……啊，當我沒說好了。」韓宇庭才剛說完，就看見了擺放在一旁盤子裡頭的幾塊漆黑焦炭，只好露出不言已喻的感嘆神色。

「嗚哇！不准露出那種憐憫的眼神！我告訴你，下廚這種小事不是我不做，只是還不需要我出手而已。」龍鱗銀逞強地說道。

「但是，這根本不一樣嘛！」

「囉唆！記清楚了，你的就是我的，我的還是我的，所以這頓早餐雖然是你做出來的，也等於是我做出來的，了解了嗎？」

「哪有這種歪理？」

「啊啊～反駁無用啦！」

龍鱗銀發出了一長串的無意義怪聲，硬是把韓宇庭的抗議壓了過去。身為龍家的女主人，她是一名假使安靜地走在路上，會讓過往的行人頻頻回頭只為了多看一眼的絕色美女——然而一旦開口，就像此時為了貪聞一口早餐的香氣而不顧一切地把鼻孔撐開的行為，只會將她全身的氣質破壞殆盡。

「嗚哇，真是好香啊！」

滋滋～肉排的油脂在燙得灼手的鍋子裡慢慢地溢散，發出了好聞的氣味。

不過龍鱗銀的恭維倒是一點也不會讓韓宇庭感到飄飄然。

韓宇庭的媽媽是一名生活作息與常人顛倒的小說家，平常總是要睡到日上三竿才肯起床，因此韓家一直以來都是上演兒子做早餐給母親吃的劇碼，多年下來，他會練就出這麼一身好手藝，絲毫不令人意外。

「幸好我們就住在你家隔壁，韓宇庭，像你這麼方便的鄰居去哪裡找？」

「我也沒想到會一大早就被抓起來當廚師啊！」

「這就是你的利用價值，韓宇庭。」龍鱗銀厚顏無恥地說道。

「話說回來，平常不都是翼藍先生負責早餐的嗎？」

「他今天一大早就出門應徵工作去了。」

「咦？翼藍先生打算去工作？」韓宇庭吃驚地眨了眨眼睛，「那妳呢？」

「我？我要負責留守啊！翼藍去上班，小黑去上學，這個家裡頭要是沒有我好好打點怎麼行呢？」龍鱗銀一臉驕傲地說著。

韓宇庭忍不住嘀咕……明明是個完全不會做家事的女主人，她究竟要怎麼打點家中呢？

「說到上學……羽黑同學還沒有起床嗎？」韓宇庭看了一眼掛在牆上的時鐘，說：「都已經七點半了。」

話語剛落，兩人便聽見樓上傳出了驚天動地的慘叫聲——

「呀啊！」

那是少女淒切的高喊。

「現在都幾點啦，為什麼沒有人叫我起床？藍哥呢？」

「喔喔，小黑起床啦！」

一聽見這道聲音，龍鱗銀便眼睛一亮，興沖沖地衝上樓梯，並且在嘴裡叨念起「嗚呼呼呼呼～剛睡醒的小黑的素顏～」，這類令人不忍卒聽的話來。

「天啊，銀姐妳怎麼這麼晚都沒叫我？」

「欸嘿嘿～人家看小黑妳睡得那麼熟，想多看妳的睡顏幾眼嘛！」

「完蛋了啦，要遲到了！我、我的制服呢？」

「呵呵，在這裡呀，我早就把它們都準備好了！」

「天啊——它怎麼變得跟一團鹹菜一樣？妳沒有幫我燙制服嗎？」

「有、有啊，我昨晚一直把妳的制服抱在胸口睡覺喔，它現在可是充滿著姐姐的愛的溫暖呢……咦，小黑，妳要去哪裡？」

「我要去換一件新的制服！」

「妳為什麼要這麼生氣？」

接著是一陣乒乒乓乓，讓人以為是在拆房子的巨響，韓宇庭目瞪口呆，不一會兒，樓上的混亂總算平息了下來，可是緊接著又立即傳出了兩人吵鬧的聲響，可說是一波未平，一波又起。

「我受夠了，我要出門了！」

「等、等一下，小黑，至少得吃個早餐吧！早餐是很重要的啊，這是姐姐今天早上特別替妳準備的耶！」

「銀姐，拜託妳不要鬧了好不好，這下我真的要趕不上公車了。」

「什麼公車啊，跑這麼慢的玩意，讓姐姐送妳去上學！妳等著——」

「住、住手，銀姐，妳不要變身啊！哇啊！」

聽到了從上頭傳來的大喊，韓宇庭還沒搞清楚究竟是怎麼一回事，剎那之間忽然天搖地動，他連爐火都還來不及關，就一屁股坐到了地上。

嘩砰！

「哇啊啊啊啊——」

下一瞬間，窗外撒下了無數的玻璃碎片，像雨一樣凌亂地落到庭園裡，一條巨大的蜥蜴尾巴垂在他眼前，在半空中亂揮亂甩，樓上則是繼續傳來龍鱗銀驚愕的聲音。

「發、發生什麼事了？欸，不妙，我的尾巴好像卡住了。」

轟隆隆～在朝陽底下反射出閃閃銀光的尾巴每次一搖晃，建築物就會發出好像快要垮掉似的不吉利聲響，整棟房子不停震盪，惹得少女和韓宇庭不斷尖叫。

「別搖了，我們家會垮掉！」

「完了，大概是最近賴在沙發上吃太多洋芋片，我一定變胖了。欸，小黑，妳幫忙把拉我出去好不好？」

龍鱗銀的哀求換來的卻是小黑遲疑的聲音。

「我……我要遲到了。」

「喂！等等，小黑？小黑！」

不顧龍鱗銀聲嘶力竭的叫喚，走廊上傳來咚咚的跑步聲，幾秒鐘過後，一位女孩灰頭土臉地跑進了廚房，這名穿著與韓宇庭同款制服的黑髮少女一副筋疲力竭的模樣，因為身上的煙灰嗆咳不停。

「呼……呼……累死我了，咳咳咳咳咳……」

她半彎著腰，完全沒有注意到緩慢從地上爬起的韓宇庭，咳得上氣不接下氣。

韓宇庭無奈地遞給她一杯水。

「妳還好吧，龍同學？」

「咦，韓宇庭！」

這名少女叫做龍羽黑，除了是韓宇庭的鄰居以外，也是他的同班同學。

驚訝的龍羽黑馬上挺直了脊背，若無其事地撥了撥頭髮。

「還、還好啊，我當然一點問題都沒有。」

「是這樣嗎？」韓宇庭擔憂地望著龍羽黑的臉，說道，「妳先把臉上的灰擦乾淨吧！」

那滿是塵灰的俏臉立刻漲紅，她搶過韓宇庭遞來的手帕，用力地把臉上的髒汙全都抹掉。

「氣死了，銀姐居然害得我這麼狼狽！」為了掩飾自己的失態，龍羽黑大聲地說道。

韓宇庭猶豫地指了指還卡在窗外不停掙扎的巨大壁虎……呃不對，是蜥蜴尾巴。

「鱗銀小姐就這樣放著不管可以嗎？」

「不要管她，我們走！」

「這樣不太好吧？」

「沒有關係。」龍羽黑氣鼓鼓地嘟起了臉頰，「剛好當作給她的教訓，你知道嗎？今天早上我洗臉的時候發現毛巾居然是濕的，臭銀姐上完廁所以後把我的毛巾當作擦手巾來用，我絕對饒不了她。」

龍羽黑的語氣聽起來依舊相當憤慨，「而且她竟然直接在家裡變身，腦袋到底都裝了些什麼東西啊？真是丟臉死了！這副德性也能夠稱得上是最偉大的智慧種族嗎？」

說完，餘怒未消地拉著還想說什麼的韓宇庭往門外大力踏出腳步。

「可是，就算鱗銀小姐平時表現得再怎麼荒唐，其實也絲毫無損你們的地位吧？」

韓宇庭搖了搖頭，說出了黑髮少女隱藏在人類外表底下的巨大祕密。

「因為你們就是智慧種族中的貴族——龍啊！」

一、鄰居是美少女也是龍

太陽開始攀越東方的山頂，奮力向著天空的中央邁進，雲景市正迎來一天中最朝氣蓬勃的時分，雲景高中的校門口前也擠滿了魚貫進入校園的學生們，熱絡地向彼此打招呼。

「早安！」

「早啊！」

元氣十足的呼喊，也只有從這些精神抖擻的年輕人身上可以找到。

當然，不只是這些互道早安的熱情。

「嗚哇！快來不及上課了！」

「完蛋了，今天早上要小考啊！」

諸如此類的哀號，同樣是學生們早晨的合奏曲裡必備的音色。

不遠處的大街，兩名雲景高中普通科的一年級學生跳下公車，沒命地朝著校門口狂奔。

「跑快一點，韓宇庭，上課快遲到了！」

「等一等，龍同學，妳別跑得這麼趕……」在後頭的韓宇庭，跑得上氣不接下氣，「我快要跟不上了。」

「真是的！」龍羽黑不滿地高喊，「都怪你平常太缺乏運動啦！」

「我、我又不像龍族的體力那麼好……」

真是奇怪，龍羽黑明明從家裡頭跑出來會累得氣喘連連，但是在外面無論怎樣奔跑都不會疲倦，難道那數十坪房屋的走廊會比一整條街還長嗎？

「哎唷，真拿你沒辦法耶！」龍羽黑懊惱地瞪了韓宇庭一眼，只能無可奈何地配合他的速度。

汗流浹背的韓宇庭走到龍羽黑身旁，喘了好幾分鐘的氣。

可是等他再度抬起頭的時候，像是完全忘記了身體上的勞累，雙眼綻放出興奮的光芒。

「哇啊，矮人、半獸人、貓人族，甚至還有狼人……」

韓宇庭深深著迷於眼前的景色。

「真不愧是市內第一的智慧種族融合學校，我能夠念雲景高中真是太棒了！」

他忘情的高喊消失在校門口鼎沸的人聲之中。

眾多的學生形成了擁擠的隊列，湧向雲景高中校門。裡頭不但有人類，更是混雜了形形色色的矮人、狼人、次天使，甚至是蜥蜴人、貓人……等無數的非人生物。

乍看之下，還以為是來到了什麼維妙維肖的變裝大遊行呢！然而實情並非如此，這裡既不是遊樂園的鬼屋，也不是小說漫畫展的 cosplay 會場，他們每個都是活生生的存在，全是從魔法世界搬遷而來的「智慧種族」。

智慧種族與人類之間展開交流已經有十幾年的歷史，現今的學生們早已習慣身旁有許多和自己模樣大不相同的同學。

「真是的，你不要每天都這麼誇張好嗎？」黑髮少女不開心地嘟囔，「韓宇庭，就算雲景高中是智慧種族與人類的交流學校，你也不要光顧著看東看西就忘記我們現在的處境啊，趕快進校門啦！」

「啊，是，真抱歉，龍同學。」滿臉通紅的韓宇庭依然無法抑止自己的興奮，「妳說的沒錯，但是我實在克制不了我自己嘛。」

「唉，誰叫你是個智慧種族迷呢！」龍羽黑沒好氣地回嘴，「但是，我們就快遲到了，未來的智慧種族研究員大人，可不可以請你趕快挪動你的腳步呢？」

「我、我知道了啦！」

拗不過急性子的龍羽黑，韓宇庭被她拉著袖口走得踉踉蹌蹌。

「再慢一點就來不及了。」龍羽黑像是擔心著什麼似地說。

「哎唷！」

邊走邊跟龍羽黑說話的韓宇庭突然撞上了一群人的後背，身材矮小的他彷彿撞上一堵牆似地，跌坐到了地上。

「噢，不！」看見眼前的情景，黑髮少女絕望地把臉皺成了一團。

人山人海、密密麻麻地擠在校門口的男學生們，形成了……別說是一堵牆，按照這態勢，簡直就像是萬里長城。

他們頭上綁著布條，手裡撐著旗竿，看起來就像是某支即將接受檢閱的軍隊一般，意氣風發地站得直挺挺的。

「女、女王親衛隊！」韓宇庭叫出了他們的名字。

這群人就是雲景高中赫赫有名的「女王親衛隊」！

這支名聲響徹雲景市街頭巷尾的龐大組織，是由一群對校內某位女學生誓死效忠的熱情粉絲組成。

女王親衛隊占據了校門口的同時，也把其他學生擋在了門外，使得龍羽黑為之氣結。

「喂！你們怎麼這麼不講道理？讓我們進去呀！」

但是不管龍羽黑怎麼推、怎麼擠，面對數量這麼龐大的人潮仍舊一籌莫展。

就在兩人束手無策之際，前方傳來了一陣浪潮般的呼喊。

「伊莉莎白大人早安，伊莉莎白大人萬歲！」

「嗚哇！偉大的伊莉莎白大人經過啦！」

龍羽黑的面色頓時變得更加難看。

正當她生氣地準備要說什麼時，女王親衛隊開始展開下一步行動。

「喔喔喔喔——列隊，迎接女王！」

人群轟然向左右退開，亢奮激昂的親衛隊把周圍無辜的路人全都拖進了隊伍。

「搞什麼呀，這群瘋子……嗚哇！不要推我！」龍羽黑發出了尖叫，雖然她拚命反抗，但是這些陷入瘋狂的男學生們展現出了強大的力量，竟然連龍族的少女都無法阻擋。

「龍同學！哎呀，麻煩讓我過去……唔啊！」

韓宇庭一下子被混亂的人潮衝擊得和龍羽黑分開老遠，儘管他拚命伸直了手，還是被淹沒在人群中，最後兩人都動彈不得。

「都是你啦，韓宇庭！要不是你在那邊拖拖拉拉，我也不會遇到這種麻煩。」龍羽黑勉強越過人群對韓宇庭高喊。

「嗚哇，對不起！」韓宇庭不斷喊痛跟道歉的同時，不小心又撞到了另一名狂熱地高喊「伊莉莎白大人萬歲」的女學生身上。

「咦，黎雅心？」

「咦，韓宇庭？」被韓宇庭認出來的女學生驚奇地看著他，「你怎麼會在這？」

「我才想要問妳怎麼也在這咧！」韓宇庭沒好氣地看著他最要好的朋友。

留著一頭清爽短髮的黎雅心露出嘻笑的面容。

「你終於背棄你的龍同學，轉而打算支持吸血鬼校園女王了嗎？」

「什、什麼我的龍同學啊，我們只是很普通的朋友罷了。」韓宇庭滿臉通紅地辯駁著，「還有龍同學人就在這裡，妳可別亂說話！」

黎雅心此時看見了在不遠處的龍羽黑，「嗨，早安啊，羽黑！」

「早安，雅心。想不到就連雅心妳也支持那隻吸血鬼？」

「哈哈，怎麼可能，妳不要露出那麼不甘心的模樣啦！我當然也是遲到了才會陷入這種窘境的。」

黎雅心費了好大的一番工夫，可是卻仍舊無法擠過人群，不得不和韓宇庭緊依在一起。

「每天早上快敲早自修結束鐘以前，都是伊莉莎白大人的入校時間，這不是雲景高中的常識嗎？只有加入她的親衛隊才有可能擠進校門去囉。」

黎雅心若無其事地說著，可是龍羽黑卻仍然露出不太滿意的神色。

這時人群突然爆發出一陣激烈的呼喊，接著親衛隊隊員們自動自發地，就像摩西分紅海一般，讓出一條宛如走道的空間，兩名女生一前一後地從遠處慢慢走近。

「啊啊，伊莉莎白大人！」

「伊莉莎白大人，請看看這裡！」

親衛隊們爭先恐後地爭睹校園女王的廬山真面目。

那是一名金髮碧眼、容貌姣好的吸血鬼族少女，有著白皙透淨的肌膚和貴族般優雅的氣息，確實十分符合校園女王這個名號。唯一美中不足的可能是她的身高，只有一百四十多公分，連帶著那平坦的身材，使得她看起來更像是洋娃娃。

在她身後宛如侍從般陪伴著的則是一名狼人少女，名字叫做米娜。

伊莉莎白沉穩又自然地接受兩側親衛隊員們的夾道歡呼。

「伊莉莎白大人！伊莉莎白大人，請看看這裡！呀啊，今天高傲的伊莉莎白大人看起來還是這麼美麗！」

「嗚哇，我摸到伊莉莎白大人的裙角了，我這輩子都不要洗手啦！」

種種近乎喪失理智的高喊，使得龍羽黑的臉色越來越難看。

伊莉莎白忙著和所有人點頭致意，忽然在此同時，目光一掃，注意到了韓宇庭等人的存在。

韓宇庭和伊莉莎白訝異的目光對上。

「嗯咳！」她裝模作樣地輕輕咳嗽了幾聲，「本姑娘手痠了，正需要幾位學生幫忙提書包，有誰自願的呀？」

說完輕輕抬起了書包。

「我我我！」

「伊莉莎白大人，選我選我！」

親衛隊隊員前仆後繼地推擠呼喊，深怕搶輸了別人。

伊莉莎白沒有理會這些自告奮勇的男學生，反而指向龍羽黑等人，「那邊那幾位同學，你們看起來好像十分有意願的樣子呢？」

「去呀，她在幫我們脫身。」黎雅心戳了戳龍羽黑肩膀。

「我才不要！」

「龍．同．學，現在不是意氣用事的時候囉～」黎雅心搖搖手指，「妳再不快點下決定，韓宇庭就要被人踩扁啦！」

「咦咦？」

龍羽黑連忙低下頭，發現身高比別人矮的韓宇庭居然已經快要在擁擠的人群中沒頂。

「嗚、嗚哇，龍同學，妳在哪裡？」

「韓……」

龍羽黑目瞪口呆。

「這是我們脫離人群唯一的辦法囉！」黎雅心提醒道。

「嗚！」龍羽黑咬了咬牙，不得已只好大聲說道：「這是我的榮幸，伊莉莎白大人！」

雖然這麼說著，可是她卻是一臉嫌惡的表情，用力推開周圍的學生，把險些被踩成肉餅的韓宇庭從人群中拉了出來。

他們三人就在親衛隊們羨慕的注視下，走到伊莉莎白身邊，從米娜手中接過了吸血鬼的書包、便當盒，和其他零碎的東西。

一行人就像女王與她的隨從，大搖大擺地進了校門口，只不過在這行人之中扮演著猶如女官位置的龍羽黑，她的容貌可是絕對不會輸給伊莉莎白的。

眾人走到了穿堂時，位在最後方的米娜才開了口：「好了，伊莉莎白、韓宇庭跟龍同學，你們可以不用再表現得這麼僵硬了，背後沒有人在看囉。」

聽到了這句話的伊莉莎白與龍羽黑同時垮下了肩膀。

「呼～」一口氣把胸腔裡面的氣全都吐掉，毫無顧忌地露出倦色的兩人，展現出讓人對她們形象破滅的老態。

「累死我了。」伊莉莎白一邊抱怨著，一邊像老婆婆一樣地捶著肩膀，「每天都要這樣實在受不了。」

「呵呵，妳這還不是自作自受？」米娜噗哧地笑著，適時補了一句風涼話，馬上被伊莉莎白不甘地瞪了一眼。

「妳還敢說？真是氣死我了，我一輩子都不會忘記今天的屈辱的，居然要幫妳提書包？」

龍羽黑用伊莉莎白的書包狠狠地撞了吸血鬼一下。

「拿去！」

「沒禮貌的傢伙，要不是我，你們現在搞不好還陷在人群中出不來呢，居然馬上就過河拆橋了。」伊莉莎白搶下書包，立即以言詞回敬。

「會變成這樣還不都要怪妳，不懂得約束自己部下的笨蛋吸血鬼！」

「妳說什麼，這頭不知感恩的臭龍！」

兩人說著說著，簡直要把額頭互相抵在一起般地互瞪了起來。

「好了好了，妳們不要再吵了。」

看見這正是她們準備要展開一場激烈拌嘴的前奏，焦急的韓宇庭連忙跳出來打圓場。

「哼！誰要跟妳計較？本姑娘要進教室去了。」

「好啦，就我們在此分別吧，龍同學、雅心、韓宇庭同學。」米娜友善地朝著他們揮揮手，跟著伊莉莎白轉向了另一個方向。她們是商業科的學生，和普通科的韓宇庭他們分屬於不同的學部。

「我們也快點進教室吧！」

「不要緊張啦！反正鐵定遲到了。」黎雅心滿不在乎地說，學著砲灰的習慣將雙手背在腦後，「我們就走得悠閒一點吧！」

她自個兒優哉游哉地放慢了腳步。

沒想到就連龍羽黑也表示：「我走路走得腳都痠了。」說完便加入了黎雅心的步調。

韓宇庭雖然很著急，可是龍羽黑卻說道：「我們會遲到還不是要怪你？」

「咦，是我的問題嗎？」

「怪你走路太慢，害我們晚進校門；怪你長得太矮，才害得我要幫那隻笨吸血鬼提書包。」

「這……人家伊莉莎白同學這麼做也是為了我們好啊！」

「你居然還幫她說話？」

「呵呵，韓宇庭，這就是你的不對囉！」黎雅心竟然在旁邊幫腔。

「哼！」龍羽黑把頭一甩，高傲地走到了前面。

可憐的韓宇庭嘆了口氣，只好慢慢地跟在她們身後。

然而放眼看過去，即使快要趕不上早自習時間，雲景高中內的學生們仍舊以不急不徐的腳步悠哉地前進，這並不是因為他們不在乎守時，而是由於這裡的校規鼓勵學生們在校園內除非必要，盡可能放慢腳步生活。

之所以會有這麼一條奇特的規矩，是因為人類世界的步調相對於智慧種族而言，實在太過於緊湊了。不只是時常跟不上別人腳步的半身人，幾乎所有的智慧種族來到人類世界後都覺得難以適應。雲景高中的校規充分體現了對這些非人類者的尊重。

既然大家前進的速度都不快，便會自然而然地找話題來度過這段走路的時間，於是他們一面爬著樓梯一面聊起了天。

「說起來啊，我們這位校園女王還真是越來越神氣了，居然連早上進個校門也有這麼大的排場。」

「不要這麼說嘛，她也是上過電視節目之後，才開始被親衛隊誇張地吹捧的吧！」

「就算上了電視，還不是很快就被刷下來了。」龍羽黑酸溜溜地說道，不過應該是故意的。

「妳怎麼知道？」

「唔……也、也沒什麼啊，就剛好聽說了而已。」龍羽黑裝作毫不在意地移開了話題，不過她一定不想透漏自己每天守在電視機前，就是為了等著看伊莉莎白在節目上的表演，至於由於當事人不會操作電視，而一天到晚被她逼著操作遙控器的韓宇庭，自然也很識相地不說出口。

黎雅心像是完全看透了黑髮少女般地露出了神祕微笑，接著說：「最近伊莉莎白應該也不再找妳麻煩了吧？」

「是沒錯啦！」

說起來有些微妙，但自從上次一同參加預選賽後，龍羽黑與伊莉莎白的關係似乎漸漸好轉了起來。雖然兩人見面時仍舊少不了鬥嘴一番，但也已然不復當初那種劍拔弩張的氣氛。

「因為她好像一直都在忙上電視節目的事情嘛……」

說到這裡，龍羽黑的臉上泛起了些許複雜的神色，「這段時間她沒有來找我吵架，居然也讓人感到有一點寂寞呢！」

聽見這些話，韓宇庭和黎雅心都偷偷地微笑。

「我也好想要找些可以投入的事情來做。」

龍羽黑的語氣間充滿了欣羨。

「這有什麼困難的？高中生涯還很漫長，能做的事情太多了。」黎雅心賊賊地勾起了嘴角，「比如說打打工、談談戀愛，說也說不完呢！」

「談戀愛？」韓宇庭的眼睛睜大起來，慌忙搖著手說，「龍、龍同學現在談戀愛還太早了吧！雅心，妳不要亂說話帶壞龍同學。」

「你在緊張什麼？」黎雅心吃吃笑著。

「不、不，我、我是……」韓宇庭結結巴巴地說不出話來，雖然腦海中不斷模擬著下一句「萬一鱗銀小姐知道龍同學談戀愛的話，那可又要引起一陣騷亂了」，但是這句話卻緊緊地哽在喉嚨裡說不出口。

不知為何，腦海裡一浮現龍羽黑可能和某個人談戀愛的情景，他的胸中便毫無來由地感受到一股刺痛。

「我對戀愛沒有興趣。」龍羽黑說，「至於打工，我也不知道要做些什麼。」

「其實沒必要這麼著急，我們的高中生涯才剛開始，妳還有很多時間能夠探索。」黎雅心說，「我看妳的頭腦這麼好，要不要舉辦讀書會和大家一起讀書？說不定會很受歡迎呢！」

「真、真的嗎？」龍羽黑問道，「但是要我自己一個人的話，不知道有沒有辦法做好……」

「反正韓宇庭會一直陪著妳，是吧？」

「噗！」

龍羽黑轉頭望向韓宇庭，後者慌慌張張地點了點頭，「是、是的，沒錯，龍同學。」

韓宇庭結結巴巴的狼狽樣子，很顯然取悅到了黎雅心。

「要是真的不知道自己能做什麼的話，不妨參加社團吧！」

「社團？」龍羽黑困惑地眨了眨眼，「什麼是社團？」

「呃，社團是由學生們自動自發形成的組織，通常是為了一起鑽研一門學問，或者從事某些公眾服務，或者參加體育競賽而組成。」面對如此困難的問題，韓宇庭光是回答就必須絞盡腦汁，「通常社團都會聘請老師幫忙指導，學生們可以透過一起活動培養自己的興趣。」

「哇喔，聽起來好像很厲害的樣子！」龍族少女的兩眼發著光。

「我們學校的校風很自由，其實有不少社團可以參加，改天我找個機會帶妳好好參觀一下吧！」

「嘿嘿！韓宇庭你自己也沒有參加任何社團活動，這時候居然當起別人的社團導覽了？」

黎雅心用手肘撞了韓宇庭的肋骨一下，痛得他「哎唷」一聲叫了出來。

「雅心，拜託妳不要糗我了。」

「好啦，開開玩笑而已。」黎雅心輕鬆地拍著手說道，「是說，韓宇庭，你在不久之前也一直想要參加社團的吧？」

「唔～這倒也是。」韓宇庭搔了搔頭，「之前我因為體質的緣故，沒辦法參加課後的社團活動，因為要是和智慧種族的學生們距離得太近，恐怕會引起過敏。」

「原來還有這樣的理由。」龍羽黑感嘆地說道。

「不過現在這個問題已經解決了。」韓宇庭高興地說道。

「這樣不錯啊，那你為什麼不去參加社團呢？」龍羽黑不解地問道。

「這、這個嘛……」

「我知道啦，你是為了陪羽黑回家，所以沒有時間吧！」黎雅心一副早就把韓宇庭看透了的神色，戲謔地說道。

「妳、妳不要這個樣子說我啦！」韓宇庭臉都紅了。

「那你倒是說說看為什麼啊。」黎雅心斜斜地睨著他，「當初你可是因為雲景高中是智慧種族的交流學校才來就讀的耶，你以前國中的時候，不是對智慧種族最感興趣的嗎？」

「是啊，因為國中時還不能和智慧種族一起上學。」韓宇庭回想起了過去那段對智慧種族又著迷又困擾的青澀時光，「可是，真的說起來的話，我認為這是因為龍族是最特殊的智慧種族吧！這個世界上還沒有一份關於龍族的完整觀察研究，我真想更多地了解牠們的一切。」

「聽起來確實很合理啊，因為韓宇庭你是個智慧種族迷。」黎雅心轉頭對著龍羽黑說道，「妳聽，韓宇庭自己都說了想要觀察妳耶，說不定他滿腦子想的都是各種偷窺、竊聽的事情唷！」

「雅、雅心，妳別亂說！」

「韓宇庭，你這個大變態！」

啪！

「嗚哇！」

韓宇庭被龍羽黑重重地賞了一記書包流星鍾，痛得哀號了起來。

「再也不理你了，笨蛋！」黑髮少女氣沖沖地走到了前面。

「都是妳啦，雅心，沒事幹嘛陷害我。」韓宇庭摸著被打到的地方，不悅地埋怨道。

「哈哈哈哈！因為捉弄你很有趣啊！」黎雅心毫無悔意地大笑。

韓宇庭嘆了口氣。

「好了好了，為了補償你，改天有什麼好康的我再通知你一聲。若是你想拿禮物討好羽黑，我也可以幫你準備唷！」

「這就免了。」韓宇庭搖了搖頭，「雅心，我記得妳家的經濟狀況不太好，總是要兼差打工，我看妳還是把錢留著，替妳媽媽分憂解勞吧。」

「哈，那我可要多謝你了。」

「不謝，不謝。對了，妳最近放學後都走得很快，難道是找到新的打工了嗎？」

「沒錯！而且啊，這份工作的薪水很好唷！」黎雅心眉開眼笑地說著。

「工作內容是什麼啊？」

「啊，啊，這個嘛……你猜猜看啊！」

「賣什麼關子，高中學生能夠做的打工也不多，還能有什麼稀奇的？我看妳如果不是去茶飲店，就是在便利超商當店員吧？」

「嘿嘿！天機不可洩漏。」出乎意料地，向來落落大方的黎雅心居然裝得神祕兮兮的，不肯回答問題，「哎呀，真不巧，教室到了，我下次再告訴你吧！」

說完她一溜煙地跑進了教室，留下在後方的韓宇庭與龍羽黑，兩人俱是不解的神色。

「好了，同學們，安靜～安靜～上課囉！」

儘管上課鈴已經響起超過五分鐘了，可是教室裡的氣氛卻沒有絲毫的改變，熾烈的情緒就連午後的悶熱潮濕氣息都無法阻止，充斥各處的喧譁聲簡直就像要掀翻屋頂一樣。任憑班長如何聲嘶力竭地高喊，同學們依舊興致高昂地聒噪不休，彷彿他們的血液裡天生存在著一種奇妙的因子，非得要把握所有聊天說話的時間直到最後一秒不可。

在這乍看永無停息之日的喧鬧當中，一名身材嬌小的女子匆匆忙忙地衝上了講臺。

「同學們，上課了！上課了！」唐老師辛苦地擦著汗，嘴裡頭還連連致歉，「對不起啊，老師遲到了。」

她非但不怪罪上課後不守秩序的學生，反而先低聲下氣地檢討自己，像小綿羊般楚楚可憐的外表，再加上溫柔得過分的個性，反而使得學生們感到不好意思，自動自發地回到了座位上。

轉眼間，原本還像菜市場一樣熱鬧的教室已然鴉雀無聲。

「老師剛剛去開會。」唐老師還沒從氣喘吁吁的狀態中恢復過來，便迫不及待地宣布重要事情，「下下個星期，是教學觀摩暨家長座談會，那天我們會開放校園還有教室給家長們參觀。」

「啊？什麼，為什麼會有家長座談會？」底下同學紛紛發出了哀號，「又不是小學生了，幹嘛要請家長來看我們上課啊？」

「不要這麼說呀，同學們，讓父母親知道你們平時上課的表現，也是促進親子溝通的一環。」

唐老師良言諄諄，只可惜不知道有多少人聽得進去，「總之，大家回去以後不要忘記告訴父母，請他們務必來參加！」

在一片哀鴻聲中，龍羽黑悄悄地問著身旁的少年。

「韓宇庭，唐老師剛剛說的，到底是什麼事情啊？」

「就是讓父母們來學校互相交流，彼此認識的活動。」韓宇庭解釋道，「透過家長、學生跟老師之間的互動，讓大家更了解彼此，對於學生的學習也會有所幫助。」

「咦？」龍羽黑詫異地說道，「可是，我們家裡沒有爸爸媽媽啊。」

「不是還有龍鱗銀小姐在嗎？年紀最大的人也可以算是家長，所以學校將會請她出席。」

「銀姐？」龍羽黑皺起了眉頭，「讓她來學校？不行，她一定會引起騷亂的。」

「……說的也是，鱗銀小姐非常關心妳。」

「哪是關心，那根本是……根本是……天啊，我無法形容。」

居然困擾到讓龍羽黑抱著頭開始呻吟。

身為姐姐，龍鱗銀是個過分寵愛妹妹，無法自拔到就快要把身為正常人所該有的一切常識與穩重全都拋棄的存在。

更可怕的是，她的身分實際上是一條巨龍。龍族擁有「智慧種族之貴族」這樣的偉大稱號，在傳說中更是世上所有魔法的源頭，換句話說，她幾乎無所不能，而以龍鱗銀張揚的個性，到時候一定會變成所有人注目的焦點吧。

「我可不想變成伊莉莎白那種蠢樣子。」黑髮少女無奈地說道，「我只想要安安靜靜地度過校園生活啊。」

韓宇庭同情地望著龍羽黑，正想要開口，講臺上的唐老師輕輕敲了敲課本，喚回大家的注意力。

「好了，我們開始上課吧，請大家翻到課本第四十五頁……」

二、魔法師的練習

噹噹噹——響亮的鐘聲宣告著學生們又可以從辛勤疲憊的一天中獲得解脫，晚霞的豔麗紅光穿進教室，將空氣中的塵埃照耀得有如金粉般明亮。

「好了，同學們，我們今天的課就上到這兒。」唐老師拿起課本在講臺上「啪啪」地敲了兩下，不忘再三叮嚀，「各位回家之後可別忘了要跟父母們說，下下個星期的教學觀摩暨家長座談會，一定要踴躍來參加唷！」

「知道了。起立——敬禮——謝謝老師。」

老師離開教室以後，班上的學生們就像一下子鬆開了發條，七嘴八舌地討論起各種話題。可是最多人關心的，恐怕還是唐老師先前所宣布的家長座談會消息吧！

「開什麼玩笑啊，都已經讀到高中了，難道大人們還不相信我們會好好打理自己嗎？什麼座談會，還不是老師跟爸媽打小報告的地方。」

「就是說啊，唉，實在不想讓我老媽來，她一定會纏著老師問東問西的。」

「我爸工作那麼忙，怎麼可能有時間來參加呀？」

眾人對這項活動都頗有怨言。青少年最在意的就是其他人的目光，總是容易因為自己家庭不如人之處而感到深深的困擾。

如果可以的話，誰不願意生在王公貴族的家庭裡，從小當個養尊處優的大少爺、小公主呢？然而世事往往都是那麼地不如人意。

無論在這裡討論得多麼熱烈，都很難改變學校既定的行程，大家心裡都明白這點。一陣埋怨過後，抒發完累積的情緒，原本聚攏在一起的人群很快地散去了。

始終在一旁仔細聽著同學討論的龍羽黑，心中似乎帶著滿滿的愁緒。

「妳還在糾結家長座談會的事情嗎，龍同學？」

「是啊……」

「舉行家長座談會的時候，就像是把自己的身家背景攤開在別人面前，有時候還真的很難為情啊！」韓宇庭撐著頭，一副心有戚戚焉地感嘆。

他想起了國中時家長座談會的場景。

那時韓宇庭的媽媽在教學觀摩開始後好幾十分鐘，才披頭散髮地趕了過來，她才剛在死線前交出稿子，熬夜後蒙頭大睡一直到下午，就連兒子的重要活動都忘記了。

望著根本來不及好好打扮的媽媽，灰頭土臉地變成所有與會同學與家長的笑柄，韓宇庭恐怕是當時唯一笑不出來的那個人吧！

「原來你還有這種故事啊。」

「是啊。」韓宇庭說道，「這次的座談會，我得好好考慮要不要讓媽媽出席才行，再怎麼樣都得先確定她那幾天會好好睡覺。」

總是熬夜趕稿的媽媽真的能夠達成這項條件嗎？就連韓宇庭也十分不確定。

聽完了韓宇庭的故事，是不是讓龍羽黑可以釋懷了呢。

「唔～聽你這麼一說，我反而更擔心了。」

「不、不會吧？」

想不到善意的鼓勵居然變作了反效果，韓宇庭慌慌張張地安撫說：「龍鱗銀小姐應該沒問題的，妳不要想太多了。」

「不，你不知道，銀姐那個人平時有多邋遢……」龍羽黑彷彿在眼前重現了家中的場景，背脊發寒地說道。

韓宇庭嘆了口氣。

「那妳打算怎麼做呢？」

「我想……我想……」龍羽黑苦苦思索了起來，但一時之間似乎依舊想不到什麼好辦法。

「這種事情想再多也無濟於事，不如慢慢來吧！」

「你說的也沒錯。」龍羽黑同意道，「欸！韓宇庭，我們走吧！」

龍羽黑轉換過心情後，啪噠一聲闔起了書包，一副蓄勢待發的模樣。而平常動作總是比較慢的韓宇庭，則露出了有些吃驚的面容。

「走？要去哪裡？」

「陪我一起去逛逛社團大樓啊！」

原來從早上到現在，龍羽黑始終對這件事念念不忘，聽她的語氣，彷彿是非常理所當然而且期待萬分。

「順便把雅心、砲灰一起叫上，好好替我介紹一番吧。」

「我知道了。」

韓宇庭點點頭，為了別讓黑髮少女等待太久，他俐落地收拾好文具，一轉頭卻瞥見好友黎雅心坐在位置上，撐著下巴，嘴裡咬著原子筆，一副魂不守舍的模樣。

「雅心的樣子好像有些怪怪的。」

「真的耶，是不是在煩惱什麼事情？」龍羽黑也察覺到了。

韓宇庭走上前，關切起好友的情形。

「怎麼啦，雅心，怎麼一副失魂落魄的樣子。」

「咦，沒什麼啦。」黎雅心懶洋洋地抬起眼角，慢吞吞地把鉛筆盒扔進書包裡面。

「還說沒有，妳看起來就鬱悶到不行。讓我猜猜看，妳是不是在為了家長會的事情煩惱？」

與黎雅心相識多年的韓宇庭，知道她家經濟狀況並不富裕，據說父親在她很小的時候就去世了，並且留下一大筆債務，只由母親一人含辛茹苦地把她帶大。雖然平日黎雅心在班上十分活躍，但她其實放學後都必須到處打工，添補家計。

既然韓宇庭已經了解了一切，黎雅心不再隱瞞，只是搖搖頭說：「唉，我家的情況你又不是不懂。我媽媽工作那麼忙，恐怕不能隨意請假。」

「可是唐老師不是說家長會所有家長都必須參加嗎？」龍羽黑不解地問。

「沒辦法的事就是沒辦法啊！」黎雅心抱著胸口，裝出一副無可奈何的表情，調侃自己說，「算了吧，反正她那種容易大驚小怪的鄉巴佬個性，也不適合出席這種活動，一個搞不好，還會給我丟面子呢！」

「怎、怎麼會說出這種話？」龍羽黑驚訝地眨了眨眼。

「妳就別再口是心非了，黎雅心。」韓宇庭反對道，「我記得從國中開始，妳的母親從來不曾出席過家長會。她不是一直都很希望妳能就讀雲景高中嗎，現在好不容易達成了這個目標，她卻無法親眼看到，這樣多可惜啊。」

黎雅心一時語塞，無法回答。

「她一定很想看見妳穿上高中制服認真上課的樣子吧！」韓宇庭語重心長地說道，轉頭看向另一名正朝著他們走過來的好友，「砲灰，你覺得呢？」

「是啊，我也覺得很可惜。」砲灰愣頭愣腦回應道，「但是雅心的媽媽工作很忙也是真的，不然誰有多餘的爸媽能借她一個？」

「你在說什麼傻話，誰家的爸爸媽媽是可以用借的啊？」黎雅心失聲大笑，表情顯得輕鬆了許多。她拿起課本重重地拍了砲灰的胸口，砲灰則裝作吃痛的模樣應聲倒在桌子上。

「哎呀，你們不用擔心我啦，我打算這陣子多排幾次打工，說不定就能籌到足夠的錢說服我媽請個假。」

「有什麼事情是我們可以幫得上忙的，妳可以儘管說喔！」

「嘿！謝謝你們的好意啦，但是我自己能處理的。」黎雅心舉起手，滿懷感激地各在韓宇庭與砲灰的胸口上敲了兩拳，然後再親暱地捏了捏龍羽黑的手臂。

恢復神采的她俐落地背起書包，「我還要去打工，再見啦。」說完便頭也不回地走出了教室。

「我總覺得她是在逞強呢！」韓宇庭望著黎雅心的背影，慢慢地說。

「算了，你又不是第一天認識她。」砲灰聳了聳肩，「不到最後關頭，那傢伙才不會向我們求助，我們只要尊重她就好。對了，韓宇庭，你今天要不要跟我一起去電動遊樂場玩？」

「不了，我還要陪龍同學去參觀社團。」

「啊，那我可不奉陪喔。」

「為什麼？一起來呀！」

「傻孩子，我這可是為你著想啊！」砲灰搖搖手指，露出一副「你什麼都不懂」般的詭祕微笑，看得韓宇庭全身都起了雞皮疙瘩。

「少噁心了。」

「總之，做兄弟的我是很識時務的，絕對不會去打擾你們。欸，放學後再一起去打電動吧！」

「不行，我還得回家讀書。」韓宇庭拒絕道，「萬一下次的考試我再考不好，老媽肯定會殺了我。」

「呿！我看讀書是假，回家才是真吧！」砲灰的眼珠子骨碌碌地在龍羽黑身上轉了轉，再度移回韓宇庭身上，「見色忘友！」

然後在好友舉起腳想要狠狠踹向他的屁股的前一剎那，大聲笑著跑開。

「臭砲灰，要是讓我逮到，一定讓你吃不完兜著走！」韓宇庭對著他的背影大罵，可惜砲灰早已一溜煙地遠去，憑著韓宇庭的運動神經是絕對追不上他的。

「你就在我的背後吃灰塵吧！」

「可惡。」韓宇庭又好氣又好笑地跺著腳，過了一會兒，只能無可奈何地回過頭，龍羽黑則在門邊因為兩人荒唐的互動而拚命地想把嘴角壓下來。

「好了吧，可以走了沒？」

龍羽黑的聲音聽起來相當地期待。

「啊，請等我一下。」韓宇庭才剛要展開動作，褲袋裡頭卻傳出了一陣震動，他拿出響個不停的手機，納悶地划開了螢幕。

「是誰傳來的簡訊？」

讀著簡訊的韓宇庭沉默不語。

「怎麼了，快走吧？」

龍羽黑一臉不耐地催促著，沒想到向來都是毫不考慮地答應的韓宇庭，此時卻露出了猶豫的神色。

「抱歉，龍同學，今天我有事情，可能沒辦法陪妳喔！」

「你說什麼？」

龍羽黑的語氣既震驚又失望，不過下一瞬間，黑髮少女立刻收起了自己的情緒，擺出一副冷冰冰的面孔。

「你什麼時候有了重要的事情，我怎麼一點也不知道？」

「嗯……總之，就是跟人有約了。」

韓宇庭一副顧左右而言他的模樣，好像有什麼事情隱瞞著對方。

「你剛才明明已經答應過我了……」

「真的沒有辦法。」韓宇庭愁眉苦臉地頻頻道歉，「改天吧，今天我真的抽不出身。龍同學，不如妳先自己一個人到處去逛逛，等我事情辦完了就立刻跟妳會合。」

「哼！既然這樣，那我乾脆自己一個人先回家算了！」龍羽黑賭氣把書包甩上肩頭。

「唔～」

「怎麼，有意見嗎？」

「沒有，那龍同學妳先自己回去吧。」

「嘖！」

「龍同學，妳生氣了嗎？」

「才沒有呢！」龍羽黑微微惱怒地說道。

「沒有就好……」

韓宇庭依然小心翼翼，可是從黑髮少女陰晴不定的臉上，實在捉摸不了她真正的情緒。

「不好意思，我好像快遲到了，龍同學，我先走一步了唷！」

韓宇庭說完抓起書包，背對著懊惱不已的龍羽黑快速離去。

離開教室，韓宇庭接著轉往距離自己上課教室有一段距離的教學大樓，他的目的地是大樓內的理科實驗教室。

放學過後，大樓內的燈火早已熄得差不多了，走廊間一片昏暗，然而在長廊的末端，依舊有一間獨自透著電燈光線的房間。

韓宇庭打開門，瀰漫在這房間裡頭的強烈化學藥品氣息旋即撲鼻而來，使人為之一眩，蒼白的燈光也明亮得刺眼。

他先花了幾秒鐘讓自己適應氣味與光線，接著才清楚地捕捉到面前的情景。

房間裡頭已經有人等待多時了。

「巫老師，我來了。」

「你還真準時啊，來了就先坐下吧！」

巫老師坐在最鄰近講臺的實驗桌上，輕鬆地翹著二郎腿，指著左近的位置。

韓宇庭拉出椅子，訝異地看著坐在桌子對面的那個人。

「伊莉莎白同學？」

「怎麼？」一頭金髮的吸血鬼少女不悅地問道，「看見本姑娘很驚訝嗎？」

「不是……妳怎麼會在這裡？」

「……我來化學補考，順便聽巫老師的講課。」

伊莉莎白的面前，放著一張滿江紅的考卷。當她注意到韓宇庭看見了考卷上的成績時，紅的不再只是考卷，也包括了吸血鬼的臉頰。

「嗯咳，請妳正名一下，是來幫我的忙，然後順便補考化學小考。」巫老師輕咳了幾聲。

伊莉莎白翻了翻白眼，沒有回應。

「不過，我真沒想到韓宇庭你會主動跑來向我學習魔法。」巫老師挑眉道。

「不好意思，為難老師了。」韓宇庭懷著歉意說道。

「怎麼會呢？為了回報你上次幫助我們安撫龍的恩情，這點小事我當然不會拒絕。」巫老師說。

「你把龍瞞著了嗎？」伊莉莎白說。

「嗯。因為，我總覺得在她面前不太適合提起這件事。」

「嗯？」伊莉莎白微微偏過腦袋。

「因為龍同學曾經明顯地對魔法師表現出厭惡的態度……」

「這是因為所謂的『魔法師』，乃是很久以前從龍身上盜取了魔法知識的一群人吧！」巫老師接口說，「你害怕的是龍羽黑一旦發現了你對魔法有興趣，會改變對自己的看法吧？但是，要成為魔法師也不是這麼簡單，不但要經過嚴苛的訓練，還必須經過魔法師的教派給予你合格的認證，否則你只不過算是個對神祕知識稍有涉獵的人，並不能稱為魔法師。韓宇庭，學習魔法的這條路可是萬分辛苦的唷！」

「我並不是害怕辛苦，只是正如老師所說，我不希望讓龍同學對我產生誤解。」韓宇庭的神情略顯煩惱，「老師，就算不能使用魔法也沒有關係，有沒有辦法讓我學習更多關於魔法的知識呢？」

「咦？你難道不想成為魔法師嗎？」巫老師訝異地望著他，然而韓宇庭搖了搖頭。

「這還真是怪了，像你們這種年紀的小孩，難道不會嚮往擁有這種夢幻般的力量嗎？很多小孩子想當都還不一定能夠當得成呢！」

「我學習魔法只是想更加了解智慧種族而已，因為智慧種族都會使用魔法對吧？我想如果我能對他們與生俱來的本領得到更深一層的了解，也許就更能明白他們在想些什麼。」

「嘿！」伊莉莎白發出了意義不明、似笑非笑的怪聲。

「不管你的理由是什麼，等上完這堂課之後再好好考慮吧！」巫老師說道，「時間不早了，我們該開始練習了。」

兩人點了點頭，於是巫老師關掉了電燈，又把窗簾整個拉起，最後才將擺在桌上的燭臺點亮，教室裡頭霎時充滿了一種古怪而幽微的氣氛。

「為什麼要弄得這麼暗？」

面對韓宇庭的疑問，巫老師露出了微笑，「這是為了方便讓你進行訓練。你可要好好學著了，畢竟你是距離龍身邊最近的魔法師。」

魔法師。

巫老師所用的這個字眼陡然衝擊了韓宇庭的心臟一下，令他緊張不已。

「魔法」是生活在「魔法世界」的智慧種族們所使用的能力，智慧種族由原生的世界遷徙而來後，同時將這種不可思議的力量帶進了人類世界。

人類無法使用魔法，如此的常識一直以來為眾人所知。

然而實情卻非如此，韓宇庭如今透過巫老師所說的內容中了解到，在過去漫長的年歲裡，有一群能夠操縱魔法的人類「魔法師」，在背地裡操縱著歷史。魔法師從龍及智慧種族的身上竊取知識與魔力，據為己有。而他自己也曾經親眼看見魔法師，甚至和對方交手。

不過，最大的震撼依然還是巫老師所告訴他的那件祕密。

韓宇庭也是個魔法師。

「也許這就是銀龍特地挑選你陪在她妹妹身邊的原因吧！」巫老師當時是這麼對他說的，「普通人一旦過分接近龍族，就會被那股巨大的魔力存在壓垮，唯有能吸收消化魔力的魔法師得以夠倖免，而在這點上，具備魔法師體質卻渾然不覺的你，就是最好的人選。」

巫老師頓了頓，感慨道：「龍比我們看得還要遠啊！」

「好了，韓宇庭，你今天要練習的第一課是魔力的吸收與儲存。」

巫老師的聲音將韓宇庭從回想中喚回現實。

不同於他複雜的心緒，伊莉莎白則是面無表情。

「龍族的魔力可說是這世界上最精純的力量，打個比方來說，它就像是最適合汽車的汽油，這是很珍貴的力量。」

韓宇庭點點頭。

「好啦……不過，你也不必這麼認真啦，可以把筆記本先收起來。為了防止魔法師的知識外流，我們一切的課程都是以口傳進行的，如果你想做記錄的話，我會視為你是魔法學問的小偷喔！」

韓宇庭在巫老師微笑著的注視下，尷尬地把文具用品收了起來。

「從現在開始，我會教你魔法師的基礎技術。首先你要有個觀念，人類是沒辦法自己製造魔力的，魔法師們必須從其他來源吸取魔力，然後運用它們，再藉由後天學習的特別方式施放。」

「就像念咒語那樣嗎？」韓宇庭舉一反三地發問道，沒想到卻讓伊莉莎白露出同情的表情看著他。

「嗯咳，你會這樣子想，恐怕是漫畫卡通看太多了。事實上，根本沒有什麼咒語。」

「什麼？」

「施展魔法的時候，只要你喜歡，亂念一通也可以當作咒語。所謂的魔法，其實就是運用你的精神力，將魔力以特定的方式散布出去。你在投球的時候也不會大喊『喝啊！看我的超音速魔球！』然後才把球丟出去吧？」

「老師……你剛剛那樣喊有點丟臉。」

「這只是個比方。」巫老師紅著臉說，「但是，你懂了嗎？」

韓宇庭點了點頭。

「好，那我們就來實地練習一次看看。」巫老師說道，「我會請伊莉莎白幫忙。」

伊莉莎白哼了一聲，對著韓宇庭招招手。

不知道對方葫蘆裡賣的是什麼藥，韓宇庭糊里糊塗地靠近伊莉莎白身邊，隨即，矮小的金髮少女突然使出了極大的力氣抓住他。

「咦，啊啊！」

猝不及防之間，脖子上被咬了一口。

在巫老師的讚嘆聲中，吸血鬼少女由原本的幼兒體型，陡然間化作了擁有傲人曲線、身材曼妙的型態。

伊莉莎白優雅地抹去了嘴邊的血液。

「呃……」

韓宇庭感受到了像是酒醉者般的迷茫感，既像是被酒精擦拭過的冰涼感，又混雜著一股火燒般的刺痛，令他一下子失去了全身的力氣，撲通一聲坐到了地上。

「……成功了。」

「喊！非得要用這種手段嗎，魔法師？」

「還有別的辦法嗎，伊莉莎白同學，妳別忘了，這可是令尊的命令。」

「少拿他來壓我！」

「哦，是嗎，那我以後不提就是了，妳別生氣。還有我保證，絕對不會加害於他，這樣可以嗎？」

……朦朦朧朧間，巫老師與伊莉莎白兩人似乎在交換著什麼樣的對話。

但是韓宇庭此刻只感受到一波又一波的疼痛飛快襲來，忍不住發出呻吟，好像有人用著鐵錘拚命敲打自己腦袋，怎麼樣也無法阻止。

就在劇烈的痛楚中，他漸漸失去了意識。

不知過了多久，韓宇庭勉強抬起了沉重的眼皮，在模糊的視線裡頭，看見了巫老師與伊莉莎白一齊站在眼前。

「你還好吧，韓宇庭？」

「還好……」

頭痛已經漸漸消失，他勉強可以說得出話來。

「本姑娘的這個型態維持不了多久，韓宇庭你可要好好把握時間。」伊莉莎白說完蹲在韓宇庭面前，將手掌按在他的胸口。

韓宇庭驚訝地望著對方，而這時一股暖流透過伊莉莎白冰冷的手掌，傳入他的體內。他的身體，就像乾涸的大地，因為吸收到了久違的甘霖而產生了欣喜暢快的躍動。

就在這時，他感受到了！感受到身旁的伊莉莎白與巫老師體內，就像各有一座旺盛燃燒著的火爐，豐沛的力量熾熱跳動著。

韓宇庭輕輕發出了呻吟。

就像在之前，每當龍羽黑在他身旁情緒亢奮之時，他也會得到類似的體驗。這是不是便是潛藏在智慧種族與魔法師體內的「魔力」呢？

「老師，我眼前看到的這些色彩究竟是什麼東西？」

「你說你看見了什麼？」巫老師歪著頭，「看來你可能是在誤打誤撞之間使出了魔力偵測的法術。這是一種最最基礎的魔法，據說人類最早的魔法師就是一群碰巧掌握了這種魔法的人，藉此找到了智慧種族的存在。」

「老師，我看見了你和伊莉莎白同學的身體裡，好像有一團團燃燒著的火焰。」

「那就是你看見了魔力的證明，韓宇庭。可是現在暫且先收收心吧，你不應該把伊莉莎白傳給你的寶貴魔力用在這上面。」

韓宇庭點點頭，但他雖然想按照巫老師所說的去做，卻無法停止偵查周圍的魔力。

對他而言，這種現象彷彿是一種與生俱來的本領，只要開始，就如同放開了韁繩的野馬，連他自己也無法控制。

思緒與感官恣意奔騰，不停朝周圍探索，迫切搜尋著更多擁有魔力氣息沾染的事物，更多、更多……

更多，更多，遠遠不只，韓宇庭體驗到的並非只有兩名魔法師的魔力流動而已，力量就好像熔岩一樣在體內不停噴薄竄動，彷彿喚醒了某種一直沉睡的欲望。

猶如火焰般跳著舞的魔力在伊莉莎白與巫老師體內澎湃地燒灼，他能感受到，清晰得猶如烙印一般地感受到——吸血鬼在啜飲血液之後，就像添了薪柴的火焰，更加熾熱地燃燒；巫老師像是在深沉水底下靜靜燃燒的漆黑火焰……專注地觀察著這些難得景象的韓宇庭，並未發現自己體內的魔力在不知不覺間失去了平衡。

陡然間，韓宇庭劇烈地感受到了那股凶狠的飢餓。

「巫老師？」

「不要說話，韓宇庭。」巫老師警告道，「現在是最關鍵的時刻，試著引導伊莉莎白的魔力進入全身，如果你不這麼做，魔力的流動會亂掉的。」

結果，韓宇庭體內的魔力流動果真變得一團混亂。

「啊啊！」

這股力量讓韓宇庭差點暈眩過去，比起飢餓，他現在更加擔心魔力會不會撕裂自己。

他努力地點了點頭，一邊抗衡著排山倒海般襲來的睡意，一邊專注在體內的力量上，他發現魔力似乎不願意順著他的意志走動。

「呃……」韓宇庭咬緊牙關。

「呀，呀啊！」伊莉莎白發出了尖叫。

「怎麼了？」巫老師也驚慌地大喊。

吸血鬼少女抽起手掌，嘶嘶冒出了黑煙。

「糟糕，是龍的魔力！」

「哇啊！」

瞬間的衝擊讓韓宇庭一下子清醒了過來，赫然發現自己的身上不知何時多出了一套全副武裝的盔甲。盔甲的重量讓他失去了平衡。

匡噹！驚天動地的響聲傳遍整座大樓。

韓宇庭的後腦勺撞到了地上，痛得眼冒金星，「哎唷！發生了什麼事？」

砰——好幾秒鐘過去，他不知道到底發生了什麼事，著實驚慌不已。

「看來韓宇庭身上的狀況有些棘手呢！」巫老師和伊莉莎白對望了一眼，接著煩惱地說著。

「什麼意思？」

韓宇庭現在全身上下唯一能夠自由運動的部位只剩眼珠子，他勉強讓視線從狹窄的眼罩隙縫中鑽出。

這些是什麼？

盔、盔甲？

不，片片縫合鑲嵌在韓宇庭身上的，充其量只是巨大而粗糙的黑暗團塊，與作工細膩的盔甲相距甚遠，可怕的尖刺不斷地蔓生出來，像海膽一樣包覆著他。

或許還是可以勉強稱其為一種盔甲吧！但無論是誰看見了這樣東西，恐怕都會為它而驚駭莫名。

「這毫無疑問是一種魔法。」巫老師謹慎地說道，「韓宇庭，你不要緊張，有沒有任何異狀？

例如說痛楚或是體溫改變。」

「好像還好。」

韓宇庭再三確認著身體各處的感覺，既沒有覺得疼痛也不會覺得不適，更不用說是灼燒或冰冷。只是這副「盔甲」非常沉重。它只有在視覺上予人可怕之感罷了，如果不做進一步的動作，似乎不會受到傷害。

「這道強大的魔法好像是設計成遇到大量魔力就會自動觸發的樣子，它會反噬對韓宇庭施放魔法的人。」伊莉莎白心有餘悸地看著盔甲說，「最有可能就是龍施展的。」

「這下真的讓人傷腦筋了。」

巫老師輕輕地指了指盔甲，空氣中冒出星星點點的火花，他失望地說道：「這副盔甲隔絕了其他人的魔力，如此一來，我們就沒辦法再練習了。」

他伸手試著把韓宇庭拉起來，可惜即便使盡了力氣，韓宇庭還是紋風不動。費了老半天的功夫，結果是巫老師也氣喘吁吁地坐倒在地上。

「韓宇庭，只好先委屈你再多躺一會了。」

「嗚……我知道了。」

「真不好意思啊，伊莉莎白，讓妳白跑這一趟。」

「沒關係。」不知何時已經恢復原本體型的伊莉莎白坐回位置上，神情有些疲累，可是她對巫老師的態度卻有些冷冰冰，「反正我也不是自願要幫你……你最好記得我們之間的約定。」

巫老師點了點頭，「我知道，妳放一百八十萬個心吧，即使在魔法師的教派裡頭，我也是支持不要和龍起衝突的。畢竟人類的魔法本來就是從龍族那裡偷來的，占了人家的便宜，總得知所分寸吧！」

「嗯，你就是這點和其他人不一樣，所以我才會信任你……別誤會了，不過只是比其他人多那麼一點點而已。」

「哈！」巫老師輕笑一聲。

兩人說著用意不明的對話，讓韓宇庭驚訝地睜大了眼睛。

「既然練習不了，那我們就來討論點別的事情。」注意到韓宇庭的表情，巫老師換上了一副輕鬆的口吻，「我有些事情想要向你們確認，正好就趁現在一併問吧！首先是伊莉莎白，上次與灰袍巫師交手的過程中，妳是不是也注意到了呢？」

伊莉莎白沉默地沒有答話。

「伊莉莎白？」

「本姑娘知道了啦！」

她不情不願地點了點頭。

「自從那時候起，本姑娘就再也沒有懷疑那條笨龍是條笨龍了。」

她以不太客氣的語氣說道，然而嚴肅的表情讓人看不出是不是在開玩笑。

「我……本姑娘從小到大，還沒看過哪個智慧種族可以散發出那麼源源不絕的魔力，甚至連號稱能儲存最龐大的魔力量的次天使族，和她比起來也是小巫見大巫。」

「不愧是上族吸血鬼，觀察得很透澈。」巫老師讚許地說，「那麼，那天的戰鬥，你們有感覺到自己產生了什麼不一樣的狀況嗎？」

「超乎想像的力量。」伊莉莎白簡短乾脆地說明，「要本姑娘說的話，如果能夠盡情吸收那股魔力，本姑娘可以挑戰當時在眼前的任何人。」

「你呢，韓宇庭？」

「我……我覺得我的身體好像不再是原來的一樣……」

韓宇庭努力回想著當時的情況，不知道自己貧乏的詞彙是否能夠清楚描述當時奇妙的感覺。

「我好像能夠看見每個人的體內存在著一小粒一小粒的光點，但又不完全是用看的，它們確實地存在……龍同學體內的光則是最強大的，但是黑色的光，站在她的身邊，我感覺到……」

他艱難地嚥了嚥口水，終於說出那讓他倍覺掙扎的幾個字，「感覺到一種難以言喻的恐怖。」

伊莉莎白以奇特的眼光注視著韓宇庭，然而巫老師則是理解地點了點頭。

「這正是人類魔法師才能體會到的獨有現象，我在看著銀龍與藍龍時也是這種感受。老實說，我從出生開始就在修練魔法，在教派裡頭也算是個資深法師。本來我以為我儲存的魔力已經很強大，但在看見龍以後，我才驚覺自己根本是面對聳天山峰的一隻小蟲。」

「人類沒有辦法和長壽的智慧種族相比。」

「妳說的很對，伊莉莎白。」巫老師輕輕地笑著，「但是在我們有生之年，還是希望可以窮究魔法的奧義。」

「你們人類還真是奇怪，偏偏喜歡追求一些難以得到的事物。」

「呵！有時候我也很希望能擁有像吸血鬼那樣的壽命，但是話又說回來，正是因為人類的壽命非常短暫，我們才會窮盡我們的力量，追求那些吸引我們熱切注意的事。」巫海生以一副老師般的口吻說，「雖然，伊莉莎白妳也許還不能夠體會……但妳再過一段時間就會了解。」

「別把本姑娘當成小孩子了，本姑娘可是已經活了很長一段……嗚！」

察覺到自己差點失言的伊莉莎白，硬生生吞回剛吐到唇邊的話，接著就是一副被口水嗆到的痛苦表情。

「咳、咳、咳……」

「妳沒事吧，伊莉莎白同學？」

伊莉莎白艱難地舉起手，搖了一搖。

「老師，伊莉莎白同學怎麼了？」

「這個嘛～」巫老師面有難色，「你要知道，問一個女士的年紀是非常失禮的事情。」

「什、什麼意思，難道伊莉莎白同學的年紀很大嗎？」

韓宇庭立刻望向伊莉莎白，但是吸血鬼則是還以一個殺氣騰騰的眼神。

「敢問我就揍你！」

韓宇庭皺了皺鼻子，不敢多話。

「好了，我們不要再說這些了，關於你們剛剛告訴我的事情，我覺得——」

巫老師的話才說到一半，教室的門忽然唰啦一聲打開了。緊接著是一條人影匆匆忙忙地闖了進來，並且高聲大喊。

「發生什麼事了？哎呀，這裡怎麼這麼暗？」

隨即是一陣匡啷、乒乒乓乓～彷彿保齡球瓶全倒時所發出的清脆聲響，以及一位女子的尖叫。

「呃～嗚哇～哎唷～」

巫老師連忙衝過去打開電燈。

真是教人慘不忍睹。

原本待在教室裡的三人都露出錯愕的表情，愣愣地看著踢倒骨骼標本跟一大堆實驗器材，然後躺在一片狼藉之中的唐老師。

「哎呀，好痛啊！」

巫老師哭笑不得地把她拉了起來，「唐老師，妳怎麼會在這裡？」

「我剛剛巡視校園的時候聽到這裡傳來好大的聲音，嚇了我一大跳。」唐老師聽見的，肯定就是韓宇庭穿著重盔甲跌倒的聲音了，「你們在這裡做什麼呀？」

「沒什麼啦，我在教兩位同學功課。」

「喔，原來是這樣啊，巫老師你還真熱心……不過，既然要幫學生們上課，怎麼不開燈呢？」

「啊，這個……我們想節約用電嘛！」巫老師當然說不出口，關燈跟拉上窗簾，是為了讓伊莉莎白可以更加舒適地變身。

「這樣可不行啊，光線不足會損害你們的視力的。」唐老師用著像訓斥弟弟般的口氣碎碎念了起來，弄得巫老師十分頭大，只能頻頻點頭。

「噢！還有，天氣這麼冷，韓宇庭你躺在地板上做什麼？」唐老師轉過頭來問道。

「咦，我……」

就在不知不覺間，韓宇庭身上的盔甲早已消失得無影無蹤，他尷尬地來回看著自己的身體和困惑的唐老師，一時找不出理由。

「呃……他在……他在練習仰臥起坐。」

沒想到是伊莉莎白先開口解了危，可是她情急之下說出來的答案，不但沒有幫到韓宇庭，反而聽起來更讓人難以置信。

伊莉莎白同學！

韓宇庭用眼神發出了慘叫。

你、你怪我也沒用啊！

吸血鬼同樣慌慌張張地回望著韓宇庭。

正當兩人面面相覷時，想不到唐老師竟然接受了這麼牽強的答案。

「原來是這樣啊。可是，韓宇庭呀，鍛鍊身體是很好，不過人家巫老師專程幫你補習上課，你怎麼可以不好好聽課，非得在這個時候做運動不可呢？」

「呃……這個是……」

「難道你是嫌老師上課太無聊了嗎？」唐老師露出一副快哭出來的模樣，讓韓宇庭手足無措。

「不、不！」他驚恐地搖頭，「我絕對沒有這個意思。」

「那就好。」唐老師終於將那張失望的臉轉為了滿意的樣子，「老師一直相信你不是那種孩子。」

看不下去的巫老師連忙跳出來打斷這個話題，「好了，地板那麼髒，韓宇庭你還是快點起來吧！」

唐老師說：「現在時間這麼晚了，你們是不是該回家了呀？」

「好吧！」有唐老師在，原本的話題也難以繼續，巫老師只好無奈地說，「那今天的課就先上到這裡，兩位同學趕快回家吧！」

韓宇庭和伊莉莎白點了點頭，一行人便魚貫地離開了理科教室。

與唐老師和伊莉莎白道別之後，巫老師陪著韓宇庭一路走出校門。

「老師，下一次上課是什麼時候？」

「你還沒有放棄嗎？」巫老師笑了，「就這麼想當魔法師？可是只要你身上的那道法術沒有解除，就沒辦法吸收更多魔力。」

韓宇庭失望地嘆了口氣。

「怎麼，嘗到握有魔力的甜頭啦？」

「唔……」韓宇庭似乎有些頭痛似地按住了腦袋。

「看來暗示還沒有完全生效……」巫老師喃喃細語著。

「咦，老師你剛剛說什麼？」

「不，沒什麼。韓宇庭，你不用覺得丟臉啊！」巫老師說道，「我在一開始接觸到魔力的時候也是一樣。只有有幸接觸到魔法的人，才能夠體會到四肢百骸充盈著魔力的無窮暢快。你是不是也是這樣？」

「我……」

考慮了一會兒，韓宇庭點了點頭。

「那就對了。關於你身上的那道障礙，一定會有辦法解除的。」看見了這幅情景，巫老師不知為何鬆了一口氣。

「可是，我已經沒有辦法再繼續練習了。」

巫老師打氣說，「當你發現自己身上的潛質之後，一定會自然而然地想踏上魔法師的修行之途，魔法師社群會傾盡全力幫忙你克服這個難關。」

「老師……」韓宇庭眨了眨眼，對於巫老師的熱情有些感動。

「別這樣，這只是我應該做的。」

然而，韓宇庭似乎沒有察覺到，就在巫老師的視線離開自己身上的那一刻，流露出一股歉疚的情感。這股稍縱即逝的神色，他這樣涉世未深的高中生當然無法察覺到。

在聽完了巫老師所說的話以後，他始終難掩興奮的情緒。

到了這個時候，他已經完全忘記了自己最初為了什麼而學習魔法，把原本的單純理由全都拋到九霄雲外，只是一股腦兒地沉浸在可以變成魔法師的大夢裡頭。

巫老師神色複雜地看著身旁的學生，似乎忍不住要搖頭嘆氣，可是卻以強大的自制力壓抑下來。

「啊，老師，可是我有個疑慮……」韓宇庭像是突然想到一件重要的事情，模樣看起來不再那麼興高采烈。

「怎麼了嗎？」

他看起來欲言又止，神色躊躇，「所謂的魔法師，不就是從龍的身上竊取魔力與魔法的人類嗎？這麼說起來，魔法師應該會被龍討厭吧！」

巫老師停下腳步，眼神中閃過一抹戒備。

「你在擔心什麼呢？」

「我是說……」韓宇庭艱難地吞嚥著口水，「萬一我學習魔法的事情被龍同學察覺了，會不會也被她討厭？」

「你還在擔心這個？」巫老師似乎有點錯愕，「那隻黑龍對你來說真的這麼重要嗎？」

「呃，老師？」

「不，沒什麼。」老練的巫海生隨即恢復了鎮定，彷彿什麼事情也沒有發生般地大笑起來，「哈哈哈，原來是這樣！這點不用煩惱，韓宇庭，這件事情是我們之間的祕密，只要不要讓龍族發現就好了。」

巫老師開朗的笑聲緩和了韓宇庭的情緒。

「放輕鬆一點吧，韓宇庭，不要想這麼多了。」

「是的，老師。」

「很好。如果我找到了破解那道魔法的方法，我會再告訴你，我可不希望我們的練習被這種小事打斷。」巫老師友善地拍了拍他的肩膀，可是下一秒間，留在韓宇庭肩膀上的手掌似乎稍微用了一點力。

「哎唷！」韓宇庭吃痛地叫了起來，抬起頭來，卻訝異地看見巫老師的臉上愀然變色。

「那個傢伙，怎麼會在這裡？」

就在前方不遠處的教師停車場中，有一名穿著黑色大衣的男子，孤零零地站在墨綠色轎車旁，他十分高瘦，蒼白的面孔毫無血色，簡直就像是一截被風一吹就倒的竹竿。雖說近來天氣逐漸入秋轉涼，可是男子身上穿的卻是那種適合極高緯度地區穿著的厚重風衣，令人倍覺奇怪。

男子看上去是在等待巫老師，因為巫老師一走近，原本倚在車邊不動的他便產生了反應。

巫老師的面孔不太自然地扭曲著。

「我還有事，那就先到這裡分別吧。」

他匆匆地揮了揮手，然後迎向那名正在打開車門的男子。

「謝謝老師，老師再見。」

雖然韓宇庭對巫老師的舉動感到錯愕，但仍舊大聲地向他告別，只不過對方好像完全沒有聽到似地，筆直地前進，坐上轎車。

轎車引擎發出了一陣喧囂的怒吼，傾刻間就像旋風一般地駛離了學校。

目送座車漸漸遠去，韓宇庭一個人踏上了歸途。

抬頭所見的天空披上了烏鴉的羽毛，璀璨的星辰猶如鑲嵌在漆黑羽翼上的顆顆寶鑽，路燈接連點亮，取代了在西邊天際化成一條線般的餘暉。

這時候，龍同學應該已經回到家了吧?正當韓宇庭這麼想的時候，褲子的口袋再次傳來了震動。

顯現在手機螢幕上的卻是一組陌生號碼。

「喂～請問您是哪位？」

「請問這、這個是要怎麼用啊，阿賽兒小姐？什麼，妳說電話已經接通了？接通了又是什麼意思？」

由電話那頭傳來的聲音讓人倍感驚訝。

「喂？」

「咦，啊，是韓宇庭的聲音！韓宇庭？你現在在哪裡，我怎麼看不到你？嗚！我現在應該怎麼辦才好……只、只要貼在臉上正常說話就可以嗎？貼在哪裡？」

經過了一陣短暫的沉默，韓宇庭身在這裡，卻彷彿能感受倒電話那頭慌慌張張的氣氛，過了沒多久，他的耳際再度響起了龍羽黑的聲音。

「韓宇庭，你還在嗎？」

「嗯，我還在。龍同學，妳還沒有回家嗎？」

「還沒有。」

「妳現在在哪裡？」

片刻後，韓宇庭來到了精靈阿賽兒開設的蛋糕店。掀開門簾，空盪的店舖內，一名少女和一名精靈坐在最裡面的位置，手邊擺著一盤吃剩的蛋糕，而兩人則是如履薄冰般地凝視著桌面上的一臺機器。

「韓宇庭，你到底在哪裡？怎麼忽然就聽不到你的聲音了？」

龍羽黑露出困惑的表情，不斷對著手機大喊，不過靜悄悄的手機彷彿根本不想理睬她。

「嗚！這、這機器怎麼突然壞掉了，阿賽兒小姐？」

「哎呀，妳這可問倒我了。」精靈阿賽兒對此也毫無概念，「人類的機器做得這麼複雜，我也搞不清楚用法。」

阿賽兒拿起手機，精靈本該靈巧纖細的手指卻在螢幕上笨拙地划動著，看上去頗不得要領。

「我想想，我記得應該是先這樣這樣，然後再那樣那樣……咦？」

嘟嘟、嘟嘟嘟嘟……嗶嗶！手機發出了尖銳的笛聲，嚇了兩人一跳。

不過電話沒有撥通，倒是出現了別的東西，阿賽兒露出高興的表情大叫一聲。

「怎、怎麼了？」龍羽黑緊張地喊道。

「小黑，妳看！」阿賽兒興高采烈地把手機貼到龍羽黑眼前，「這是我之前照過的相片耶，喔，我一直都找不到，原來是藏在這裡。這隻貓咪是不是很可愛呀？」

說完她開心地哼起了歌。

精靈這個種族本來就非常樂天且容易注意力渙散，這時候的阿賽兒已經完全陶醉在貓咪的相片裡頭了。

「噢噢噢，可愛的小貓～」而且還發出吃吃傻笑。

「阿賽兒小姐……」相較於眉飛色舞的阿賽兒，龍羽黑顯得非常困擾，「現在不是管貓咪的時候吧，韓宇庭不知道跑哪裡去了？」

「喔喔喔，對不起。天啊，我又失態了。」錯愕的精靈在龍族少女的提醒下終於恢復了理智。

「沒關係的，阿賽兒小姐。」

黑髮少女接過手機，試圖了解這塊黑色方形物體的正確用法，然而不管她怎麼嘗試，卻總是得到了未接通電話的嘟嘟聲回應，氣得龍羽黑高高舉起了手臂，大喊：「我受不了啦！」

沒想到就在此時，她居然掌心一滑，手機脫手而出，輕快地朝著半空中飛去。

「嗚哇！」

眼看著一樁意外的手機分屍慘案就要發生，旋轉著的手機不偏不倚地掉進剛走近的韓宇庭手裡。

「龍同學，阿賽兒小姐？」

「啊，韓宇庭！」阿賽兒喜出望外地高喊著拯救了手機命運的偉大英雄的名字。

「阿賽兒小姐，門外等著買蛋糕的客人已經排了好長一串呢。」

「什、什麼？天啊！我都忘記了！」阿賽兒尖叫一聲，手忙腳亂地往店外衝，「現在還在開店啊！」

「哼！你終於約完會了啊？」韓宇庭一靠近，龍羽黑便故意做出餘怒未消的表情，轉頭不去看他。

「不、不是約會啦！」韓宇庭連忙搖搖手，吞吞吐吐地說道：「只是去參加……呃，一個朋友的聚會。」

「朋友！韓宇庭你有別的朋友？為什麼不帶我認識？」

「這個……」

韓宇庭硬生生打住了口，他不能讓龍羽黑知道自己和魔法師接觸，咬緊了牙關，把吐到嘴邊的話語再次吞回喉嚨。

看見龍羽黑不信任地瞇起了眼睛，他緊張得流下冷汗。

「如果下次你肯把那個人介紹給我，那我就考慮原諒你。」

「好、好吧！」

龍羽黑調回了頭，幸好她看起來願意和自己說話了，韓宇庭鬆了一口氣，渾然沒有察覺到少女臉上隱約流露了失望的神情。

「妳等很久了嗎？」

龍羽黑搖搖頭。

「是嗎，但還是很對不起。」韓宇庭誠摯地道了歉，接著訝異地問道，「是說，妳怎麼會有手機呢？」

「這是阿賽兒小姐借給我的。」

「原來是阿賽兒小姐的啊！」

看著黑髮少女手上那隻最新款式的智慧型手機，精靈的品味實在使韓宇庭咋舌。

「韓宇庭，你說這叫做手機嗎？這難道是人類研究出來的魔法道具？」

龍羽黑舉起手機，閉上一隻眼，很認真地研究，「太神奇了，居然可以從裡面聽到你的聲音……不過現在怎麼又聽不到了？」

「這不是魔法道具啦，它只是人類製造出來的3C電子產品。」

不曉得龍羽黑知不知道「3C電子產品」的意義，不過不停直視著手機的螢幕，黑髮少女不一會兒就頭暈目眩了。

「還是趕快收起來，還給阿賽兒小姐吧。」

韓宇庭趕緊扶住差點跌下座位的龍羽黑。

「對了，妳怎麼還沒回去呢？」

「人家……我、我……嗯咳，我想等你一起回家。」

「怎麼了？」韓宇庭問道，「妳不是已經會自己坐公車了嗎？」

「我會呀！」龍羽黑視線瞟來瞟去，「但、但是一個人回去很寂……呃不對，我是說，我擔心你自己一個人回家會發生意外嘛！」

「龍同學，妳放心吧，我不會有事的。」韓宇庭微微歪著頭，不解地說道，「在妳來之前，我一直都是自己回去的，妳忘了嗎？」

「才、才沒有忘記。哎呀！」龍羽黑生氣地用湯匙對準了韓宇庭的鼻子，「總之，我就是擔心你啦，不准再回嘴了！」

「嗚，好吧好吧！」

也不知道為何龍羽黑要生這麼大的氣，韓宇庭縮起肩膀，不再和她爭辯。

「付完錢就回家吧！」

龍羽黑站了起來，從書包裡掏出錢包。

「一、二、三……唔……」

她辛苦地數出了蛋糕的價錢。堂堂龍族，當然不會被這麼簡單的算術難倒，然而讓龍羽黑感到吃力的是辨識每張鈔票的價值。

「為什麼人類要製造出這種多種不一樣的錢幣啊！」龍羽黑不滿地抱怨著，「大家統統用金幣就好啦！」

「這樣做的話，國家會先破產吧。」

「哼！人類的國家到底多窮啊？」

家裡有著成堆金山銀山的龍族，完全無法理解人類世界複雜的貨幣流通制度，發出了充滿傲氣的發言，只是本人絲毫沒有發覺。

然而說歸說，她還是把應付的款項放到了桌上，偕同韓宇庭走出了店門。

「嗚啊，都已經這麼晚了，這下連公車也沒有啦！」龍羽黑煩惱地望著昏昏沉沉的天色，「看來我們只能走路回家了。」

「真、真是抱歉……」

「算了啦！」龍羽黑搖搖頭，「你不必在意，畢竟是我自己要留到這麼晚的——你在幹嘛？」

「沒、沒什麼。」

真難得龍羽黑沒有開口責怪他，韓宇庭有些受寵若驚。

不過，即使沒有公車，但並不代表沒有其他交通工具，正當他打算提議一起坐計程車的時候，龍羽黑卻自動自發地邁開了腳步。

「等、等等，龍同學，妳真的打算用走的回去嗎？」

「嗯，當然不打算囉！」龍羽黑歪著腦袋，一副胸有成竹的模樣，「但是我知道有個可以很快回去的好方法。」

「什麼方法？」

「不告訴你。」龍羽黑居然模仿起黎雅心那種神祕兮兮的語氣，「跟我來就知道了。」

不知道已經有多少年不曾這樣親自用雙腳踏著歸途回家了呢？韓宇庭有些懷念，自從上了國中之後就再也沒有不依賴交通工具來通行，可是還是小學生時候的自己，卻可以走上一、兩個鐘頭回家也不會厭倦。

市鎮的景象就像一幕幕接連不斷的電影，五顏六色的霓虹燈令它染上了更多神祕的色調。嗡嗡～嗡嗡～喀嗟、喀嗟！車輛在大馬路前進時所產生的平緩節奏，變成了一首慢板的行歌。

許多智慧種族混雜在人群之間，臉上顯露出對於人類世界夜晚時刻所展露出來的熱鬧繽紛感到極為不可思議的神情。

既敬且畏，又帶著些許欣羨的模樣，和悠然自得地走在街上的人類形成了強烈的對比。

能夠親眼目睹形形色色的智慧種族，而身旁更是走著一位智慧種族中的貴族，此時此刻對於韓宇庭而言，簡直是如夢似幻的光景。

「恐怕過去那些住在魔法世界的智慧種族永遠也想像不到，這世界居然可以這麼多采多姿吧！」龍羽黑有感而發地說道，「你們人類真是好厲害啊！」

「咦？」

韓宇庭轉過頭去，看著突然發出如此讚嘆的龍族少女。面朝前方，神色平靜的黑髮少女，看起來就猶如一尊雕塑般美麗。

「人類發明了這麼多神奇的物品，比如說這些交通工具，或者是那些手機、電腦之類的機器。」龍羽黑的語氣裡頭流露出不折不扣的讚賞，「即使沒有魔法，但你們總是能夠創造出無限的驚奇。」

「在我看來，你們智慧種族所使用的魔法，也是同樣地神祕奇妙啊。」

「魔法根本沒什麼。」龍羽黑搖了搖頭，「大家都以為魔法是無所不能的力量，但其實不是這樣。就算是龍，也有很多辦不到的事……」

「咦，怎麼會呢？」韓宇庭說，「我想一定有不少人類很羨慕你們。」

「不了解事情真相的人類才會那麼說吧……啊！在這裡！」

黑髮少女露出了終於找到了目標般得意洋洋的微笑。

「就是這裡啦，韓宇庭。」

「咦，這裡是哪裡？」韓宇庭丈二金剛摸不著頭腦地說，「距離我們家不是還有一段距離嗎？」

「哎唷！別傻了，跟我來就對了。」

糊里糊塗地被龍族少女拉住了袖口的韓宇庭，望著不太熟悉的街景，滿肚子都是狐疑。

「到、到底要去哪裡啊？」

龍羽黑沒有回答，而是在觀察完周遭的店舖以及街道景色之後，胸有成竹地指了指一條小巷子。

「走這裡。」

在韓宇庭再度提出疑問之前，強硬地拖起了韓宇庭的腳步。

兩人鑽進了偏僻的狹小巷弄，在恍若與世隔絕的靜僻街道上走了一段，眼前出現了一家不起眼的小店舖。

牆上沒有鮮豔華美的漆色，門外也不存在奇炫搶眼的招牌，卻是極為吸引兩人的目光。

萬紫千紅，爭奇鬥豔。

充滿生機、綠意盎然的小小盆栽在店門口前一字排開，蘭花、洋桔梗、紫玫瑰、鴨腳木……

屋簷下懸掛著各式各樣的小小花籃，同樣令人眼花撩亂。

龍羽黑毫不猶豫地走向店門口，推開兩側的玻璃門扉，門後的世界更是驚奇無比，宛如一座移植入水泥房屋裡的小小叢林。

「嗚哇，這裡怎麼會有這麼多植物啊？」

韓宇庭被這鋪天蓋地的植物之國震懾住了。

店內的植物並不像尋常花店一樣整齊美觀地陳列在醒目的處所，而是被它們的主人散亂地擺放，在第一次看見的人眼中，這裡與其說是花店，不如說更像是樹叢的迷宮。

不過，如果仔細觀察，便會發覺每株植物都依照了各自的向陽或陰暗、乾燥或潮濕屬性，妥善地安置在適當的位置，而且不管枝葉、花盆，全都經過了細心整理。從細微處可以感受到，栽植者對它們傾注了滿滿的愛，因此每一株植物都活力充沛地生長著。

即使如此，要繼續深入這座迷宮花圃實在太困難了，韓宇庭與龍羽黑不得不停步。視野中隱約可見無數盆栽樹木的背後，有一道巨大的漆黑身影迅速地移動著，不一會兒，那道身影便從茂密的葉影中出現在他們眼前。

「歡迎光臨，請問你們要買什麼花……呃，羽黑？」

「藍哥！」

龍羽黑高興地撲上了自己的哥哥。

「你們怎麼會在這裡？」

「是銀姐告訴我的。她說藍哥你今天要來應試工作，還告訴了我地址。唔～看這樣子，藍哥你一定順利錄取了吧？」

「欸、欸，是呀，花小姐是個好人。」在這個身材超過兩公尺高的大漢臉上浮現了淳樸的笑容。

「翼藍先生，是客人嗎？」

這時，從店內深處傳來了另一道聲音，緊接著，一名身材矮小的年輕女子帶著緊張的神色走了出來。

雖然說身材矮小，但那過是和龍翼藍相比，事實上她還是比韓宇庭高出了半顆頭。女子的樣貌十分樸素，袖管、膝蓋上全是泥巴，卻染著一頭罕見的綠色頭髮……仔細一看，那並不是染髮，而是黏在頭髮上的植物汁液。

女子不知所措地站在兩人面前，兩手擦著沾滿泥土的圍裙。

「你你你你們好，請、請、請隨意看看……」

「花小姐，請不用緊張，這位是我的妹妹，龍羽黑。而這位則是我們的鄰居，他叫韓宇庭。」

龍翼藍連忙介紹，「羽黑、宇庭，這位是花小姐，也是這間花店的店長。」

「花小姐好。」韓宇庭和龍羽黑乖巧地鞠躬。

「咦，咦，原來不是客人。呼～那我就放心了。」花小姐在確認兩人不是來買花的之後，不知怎地居然鬆了一口氣，而且還做出了以一個店主人的身分來說很不妙的發言。

「哎呀，妳是翼藍先生的妹妹嗎，長得真是可愛呀！」

「呃！這個……沒、沒有啦！」

「呵呵，妳不必謙虛，我說的都是實話。妳也喜歡花嗎？翼藍先生非常喜歡花喔，說實在的，有他在還真是幫了我不少忙呢！」花小姐露出了誠摯的笑容，「翼藍先生快下班了，來吧，這束花送給妳。」

「這、這怎麼好意思？」

「沒關係的，她和妳很相配。」花小姐眉開眼笑，把包得滿滿的一束花塞進龍羽黑懷裡，「每一朵花都在等待著最適合她的人，能夠找到這樣的歸宿，是花兒最幸福的事情唷！」

「我、我明白了，謝謝妳。」

龍羽黑感激地接過了花小姐送的花，這時換好衣服的龍翼藍再度從店裡出來。

「那麼，花小姐，我們先告辭了。」龍翼藍說，「對了，明天要出貨給周先生的花沒問題了嗎？需不需要我明天早上早點來店裡？」

「不用擔心啦，翼藍先生，交給我可以的，你早點下班吧！」花小姐拍了拍胸脯。

三個人啟程的時候，從背後仍然可以聽見花小姐熱情的送別聲：「歡迎你們有空再來玩。」並且站在店門口不斷招手，直到看不見身影為止。

「花小姐真是個不錯的人。」回家的路上，龍羽黑捧著花小姐送的那束花，高興地說道。

「她很善良。」

「能夠得到藍哥的稱讚，那一定是真的性格溫柔的女性吧！真希望讓銀姐跟她好好學學。」

龍翼藍露出了苦笑。

「話說回來，你們怎麼會在這裡？」

「沒有公車坐啦！藍哥你快變身成龍載我們回去吧！」

原來龍羽黑打的竟然是這種主意？韓宇庭聽到此話，嚇得舌頭都吐出來了。

「慢、慢慢慢慢著，龍同學，翼藍先生就這樣隨意變身的話不太好吧？」

「會怎麼樣嗎？」龍羽黑不滿地嘟起了嘴巴。

一時之間，韓宇庭也無法回答。總不能直截了當地告訴她：「因為藍龍飛過都市上方的天際，會帶給居民很大的騷動。」這樣的理由，龍羽黑能接受嗎？

幸好龍翼藍回答了：「不行啦！」

「為什麼？」

「在別人面前變身太害羞了啦！而且變成龍很花費力氣，龍的大小也沒辦法讓你們兩人坐得下。」

「那變身成巨龍就可以了吧？」

龍翼藍並沒有回答這個問題，反而靜靜地望著自己的妹妹，龍羽黑馬上發覺自己失言，內疚地掩起了嘴。

「對不起，藍哥……」

「沒有關係。」龍翼藍溫和地說。

兩人的互動讓韓宇庭覺得十分奇怪，為什麼變身成巨龍的話題會讓他們這麼顧忌呢？

這時候龍羽黑再次說道：「不過就算只能變成龍也不要緊啊，我坐就可以了。你躲到巷子裡變身，也不會有人看到。」

「那韓宇庭呢？」

「讓他在後面跑吧！反正是他害我坐不到公車的。」

「欸、這怎麼可以？」韓宇庭忍不住發出慘叫。

「不行。」果然，龍翼藍還是拒絕了，「我們就用走的吧！雖然會多花一點時間，但是還是可以趕在晚餐時間前回到家的。」

「可是走路很累呀！」龍羽黑抱怨道。

龍翼藍噗哧地笑了，「說什麼呢？龍要感到疲憊是一件很困難的事，好了，妳不要再撒嬌了，再不走快點可就真的來不及了唷！」

「臭藍哥！」龍羽黑雖然嘴上這麼嘟囔著，還是追隨著自己的哥哥邁出腳步。

在蒼白街燈映照下拖長的影子，陪伴著三人在溫暖的夜色中前進。

三、奮發向上吧，龍鱗銀

「你們好慢啊！」

一回到龍家的門口，便看見龍家長女龍鱗銀雙手扠腰，直挺挺地站在大門口，氣勢凜然地大聲宣告：「我等得都快餓扁啦！」

「對不起啊，姐姐，我馬上去做晚餐。」龍翼藍慌張地說道。

「免了。」龍鱗銀朝他豎起一根手指，炫耀般地說，「在等你們的這段時間我實在太無聊了，所以早就把晚餐準備好囉！」

「什、什麼？」聽到這句話，龍翼藍與龍羽黑全都大吃一驚，「銀姐做的晚餐？」

「嘿嘿～」龍鱗銀得意洋洋地說道，「這可是我特別為小黑準備的豐盛餐點，所以說你們可要好好地感謝——感謝人類創造出了披薩這麼美味又方便的食物。」

滿臉得色的龍鱗銀這麼說完以後，就從盒子裡頭取下了一大塊披薩，放進口中。

「搞了半天，原來是披薩啊……」

「就是說嘛，我還以為銀姐真的轉性了，居然會做菜。」

「我、我也是有在努力進步的好嗎？」龍鱗銀不滿地說，「改天我就能煮出一桌讓你們食指大動的菜餚，到時候我們家就不需要翼藍了。」

然而看著堆在廚房水槽旁邊那滿滿的煤炭型失敗料理，距離龍鱗銀口中的「改天」，恐怕還有好一段時間。

「是是是，但看起來，我還可以繼續對這個家有所貢獻好長一段時間唷！」對於性格溫和的龍翼藍來說，這樣的吐槽已經十分辛辣。

「……我看是直到地老天荒的那一刻到來吧！」

「小黑妳、妳怎麼可以這樣說我？」

「因為這是事實。」龍羽黑嘴上不饒人地說道，無視大受打擊的姐姐，轉頭招呼起韓宇庭來，「韓宇庭，你也過來吃啊。」

「咦，這、這怎麼好意思？」不知為何，韓宇庭也被龍鱗銀拉近他們家裡，此刻正躊躇著自己應該回家好呢，還是繼續看著龍家人在餐桌上互相鬥嘴。

「你媽媽說今天晚上要趕稿，沒空準備你的晚餐，特別請我們收留你。來，你別客氣，盤子拿著到地上吃吧！」

「銀姐，妳不要這樣欺負人家啦！要坐妳自己坐到地板上。」龍羽黑再度斥責，然後把韓宇庭拉到自己身邊的座位。

「嗚嗚，小黑妳居然袒護這個外人。」

「我、我才沒有袒護他，這只是應盡的禮儀好嗎？」

雖然龍羽黑不承認，但是這樣的行為讓韓宇庭大受感動。

「姐姐，妳就別跟他計較了。」

「我才沒有那麼幼稚，只是覺得欺負韓宇庭很好玩而已。」

聽了龍鱗銀的發言，每個人臉上都掛起了三條線。

「承蒙招待！」

龍羽黑模仿著電視劇上的人物雙手合十，在吃得一乾二淨的披薩盒子前面朗聲說道，看起來一副心滿意足的表情。

「咕哇～」龍鱗銀很沒禮貌地打了一個嗝，引得龍羽黑皺眉側目。

「銀姐……」

「哈哈，不要緊啦，別在意，別在意～」

龍鱗銀彷彿已經完全拋棄了羞恥心與矜持。

「韓宇庭，你覺得這一餐怎麼樣？」龍翼藍問道。

「很好吃，謝謝你們的招待。」韓宇庭猶豫了一下，「不過我覺得能夠這樣開開心心地和家人一起吃飯，吃什麼倒是其次。」

龍翼藍滿意地點了點頭，「我也是這麼想的。」

身材高碩的藍髮男子吁了一口氣，站起了身，「我去把垃圾收一收吧！」

說完他開始整理桌上的環境。

在這個家裡，負責所有家事雜務的一直都是龍翼藍，雖然身為唯一的男性，然而他烹飪打掃的能力，甚至比兩位姐妹加起來更厲害。

有這麼能幹的弟弟撐場，無怪乎龍鱗銀平日總是可以高枕無憂。就像她現在，完全是一副放鬆過了頭的模樣，看著自己的弟弟上下忙碌著。

這一瞬間，龍羽黑終於了下定決心。

「等一下，藍哥。」

「嗯？」正在收拾餐桌的龍翼藍回過頭來。

龍羽黑露出躊躇的神色。

「那個，下下個星期，你有沒有空？」

「怎麼了嗎？」

龍羽黑看了看龍鱗銀，又看了看龍翼藍，似乎有些拿捏不定主意，過了一會兒才支支吾吾地說道：「我們學校要舉辦教學觀摩暨家長會，我希望藍哥你能來參加。」

「什麼？小黑妳說什麼會！」

龍鱗銀興奮地叫了出來。

「哇啊啊啊啊！這是說能夠去看小黑上課的樣子嗎？我要參加，我要參加！」

銀髮女子激動得踢開椅子，歡欣鼓舞地跳了起來。

「銀姐妳不要來搗亂啦！」龍羽黑困擾地大叫著。

「為什麼？」龍鱗銀失望又驚訝地說道，「為什麼我不能去看小黑上課？」

「唔～因為銀姐妳老是這麼不正經……」

「我哪時候不正經過了？」龍鱗銀似乎對自己平時的表現一點也沒有自覺，握起拳頭輕輕搥了搥自己的胸脯，大義凜然地說道：「我覺得由我參加小黑的家長會非常合理啊！媽媽不在的時候，家裡頭就是我最大，我當然有義務好好關心弟妹們的生活，對吧？對吧？」

她這連續兩個問句分別是對著龍翼藍以及韓宇庭說的，害得兩位男性困擾不已。

「我、我該說什麼才好？」韓宇庭不知所措地看著所有人。

「你只要點頭就可以了。」龍鱗銀說道，接著看向龍羽黑，「這樣我就拿到一票。」

「這個，姐姐妳的排行確是我們之中最大的啦……」平時總是屈服於龍鱗銀淫威之下的龍翼藍不敢反抗自己的姐姐，十分識相地說道。

「兩票。」

「我不管啦！」龍羽黑揮著拳頭反對道，「總之、總之，銀姐妳不要來。嗚！妳會害我覺得很丟臉的。」

「怎麼會呢？」

「羽黑。」龍翼藍再度出聲了，他搖搖頭，制止想要進一步抗議的妹妹，「我那天有工作沒辦法出席，所以恐怕妳得讓姐姐參加。」

「怎麼這樣……」

與失望的龍羽黑相比，此刻的龍鱗銀簡直高興得都要飛起來了。

「但、但是，我有條件！」龍羽黑不放棄地豎起手指，嚴厲指向自己的姐姐，「銀姐妳要跟我約法三章，答應我那天一定會乖乖的，不會四處搗蛋。」

「當然不會有問題！」得償所願的龍鱗銀毫不猶豫地一口答應。

「然後，妳要在這段期間內努力證明自己，不可以再那麼不正經了。」龍羽黑說道，「那天所有同學的家長都會來，我、我可不希望銀姐妳害我丟臉。」

「那有什麼難的？」龍鱗銀天不怕地不怕地說道，「從今天起，我會以實際行動讓妳認可我有多認真看待這件事情。」

「真、真的嗎？」

「當然是真的。喂！妳不要小看我啊，再怎麼說，我可是妳的銀姐啊！」龍鱗銀拍拍胸脯，臉上卻是一副輕浮的表情，「這種小事，我輕輕鬆鬆就可以辦到了。等著對我刮目相看吧！」

韓宇庭看著得意忘形的龍鱗銀在自己妹妹面前大肆吹噓，甚至毫不考慮地就對天發誓，這樣的行為卻造成了反效果，令龍羽黑更是露出不信任的表情。

「翼藍先生，這樣下去……有些不太妙啊！」

韓宇庭差點就說出龍鱗銀是在自掘墳墓這樣的話來了。雖然他好希望龍翼藍趕快跳出來阻止龍鱗銀繼續變本加厲，但是龍翼藍反而一派輕鬆，呵呵地笑了出來。

「她不會有問題的，你就好好放心吧，韓宇庭。」

韓宇庭困惑地眨了眨眼，看著爭吵不休的兩姐妹們，再看了看彷彿胸有成竹的藍髮男人，最後什麼話也說不出來。

「哎！總、總之，我就姑且先相信銀姐妳好了。」

龍羽黑無可奈何地長長嘆了一口氣，不再去看喜形於色的龍鱗銀，而是把視線轉移到了韓宇庭身上。

「我們該讀書了吧，韓宇庭。」

「咦？」

一時之間沒有會意過來的韓宇庭，愣頭愣腦地望著龍族少女。

「今天唐老師上課的時候，你是不是有很多地方沒有聽懂？我看你老是露出茫然的表情。」

韓宇庭佩服地看著龍羽黑，沒想到她竟然會注意有關自己的事情，更沒想到她會觀察得這麼仔細。

「唔～的確是這樣沒錯。」

他點頭承認，接著慚愧地搔了搔後腦勺。

唐老師無疑是一位富有熱忱而且關心學生的好老師，然而在教學的技巧上有所不足，對於像韓宇庭這樣基礎比較薄弱的學生而言，高中課程比起國中時期實在要困難得太多太多了。

雖然他的志願是當一名智慧種族學者，遺憾的是腦袋跟不上偉大的夢想，成績總是在及格邊緣低空飛過。

「剛好老師教的這單元我已經學會了，我就順便教教你吧！」龍羽黑轉過頭，「所以說，銀姐，我跟韓宇庭要在餐廳念書，請妳離開吧！」

「咦？」龍鱗銀發出了吃驚的呼聲，「可、可是，銀姐也想陪著你們一起讀書啊！」

「免了，銀姐妳在這裡只會礙事。」龍羽黑無情地指了指餐廳的出口，「妳到客廳去看電視吧！」

「小黑……妳怎麼可以對我這麼殘忍？」

「銀姐妳可不要忘了，妳幾分鐘之前才答應過我的喔！」

「好嘛～」

在龍羽黑毫不妥協的瞪視之下，龍鱗銀放棄了毫無成效的耍賴行動，垮著肩膀搖搖晃晃地走向客廳。

「真是太謝謝妳了，龍同學！」

韓宇庭感激地抓住龍羽黑的手不斷搖晃，黑髮少女則是被這樣突然的舉動嚇得慌亂了起來，不太自在地撇過了頭，不敢直視對方的雙眼。

「這、這也沒什麼啦，只是舉手之勞而已，那我們趕快開始吧！」

在龍羽黑的督促之下，韓宇庭拿出課本，勤奮地開始複習起今天的課程。

不得不說龍族的頭腦真是聰明得不可思議。

龍羽黑的講解深入淺出，不僅教得仔細，更善用譬喻，三言兩語就將韓宇庭原本疑惑不解的地方完全解開，簡直比學校的老師還要厲害！

「所以說，這個部分要運用這個公式，代入之後就能求得解答……這樣子說明你聽懂了嗎？」

「嗯嗯，聽懂了，龍同學妳真的很會教人呢！」這幾句話是韓宇庭出自肺腑的真誠之言。多虧了龍羽黑，這下他應該能從考試不及格的命運裡逃脫出來了。

此時的感覺，彷彿打通任督二脈，腦袋豁然開朗。他高舉手臂，忍不住興奮地歡呼。上課時所做的密密麻麻的筆記，再也不是複雜難懂的有字天書，而是徹徹底底化為了可以吸收活用的知識。

「就、就算你這樣誇讚我也是沒用的喔。」龍羽黑結結巴巴地強調道。

「哪裡，我是真的很感謝妳。」

「接下來換這一題……」

龍羽黑顧左右而言他，只是臉上藏不住得意的表情。

一隻手臂搭在韓宇庭的肩膀上。

「嘖嘖！連這種題目你也不會嗎，韓宇庭，你的頭腦也太不靈光了吧？」

「……銀姐，麻煩妳不要來吵我們可以嗎？」龍羽黑嘟著嘴說，一副好心情被破壞殆盡的樣子。

「欸，可是妳不覺得韓宇庭……」

「可以了，我們不想要被妳嘲笑，請妳離開吧！」

龍羽黑費勁地把龍鱗銀再次趕出餐廳，沒好氣地回到座位上。

「那，這一題的觀念是……」

沒想到不到兩秒鐘，龍鱗銀又再次出現。

「啊哈哈哈哈～小黑我跟妳說喔，剛剛那個節目好好笑喔！」

「……銀姐，妳再這樣我可要發火囉！」

「噢！好啦！小黑妳別生氣啊，我走開就是了。」

「嗯咳，剛剛說到，這一題……」

「欸、欸，我說你們啊，要不要吃點點心呢？」

「……銀姐？」

「咦，怎麼了嗎？」龍鱗銀故作天真地眨著眼睛問道。

「夠了吧！妳絕對是故意的！」龍羽黑生氣地站了起來，「三番兩次來干擾我們，說也說不聽，我真的受不了了！」

「誰、誰叫妳和韓宇庭兩個人的感情那麼好嘛！」龍鱗銀可憐兮兮地說道，「我也想要跟小黑妳多親近一點啊！」

「好了，我知道了，銀姐妳就繼續留在這裡吧！」出乎意料的，龍羽黑閉上眼睛點了點頭，居然妥協了。

「萬歲！」

「我和韓宇庭要上樓去我的房間讀書！」

「什、什麼？」

才剛高興沒多久，龍鱗銀馬上用會扭到脖子的速度轉過頭來，和韓宇庭兩人同時因為這番話而驚訝得久久合不攏嘴巴。

龍羽黑站了起來，不由分說地拉著韓宇庭的手臂，毫不猶豫地走向樓梯。

「慢、慢著！」龍鱗銀真的焦急了起來，「我、我知道了，小黑，我不會再打擾你們了，你們在這裡繼續念書吧，我會乖乖去看電視。」

龍鱗銀苦苦哀求，然而龍羽黑卻堅決地搖了搖頭，拖著韓宇庭加快腳步。

「我們走吧。」

「等一下啊，小黑，妳、妳真的要帶韓宇庭進妳的房間嗎？那、那傢伙可是男孩子啊，嗚嗚！就連姐姐都還沒有踏進去過呀……」

龍羽黑沒有絲毫的猶豫，不顧在她背後急得要命的龍鱗銀。可憐的龍家長女，無論她如何挽留，自己的妹妹卻頭也不回地遁入樓上的走廊陰影之中。

「欸，小黑，等等，妳不要走呀！」

韓宇庭擔憂地側頭望了一眼龍羽黑，面色遲疑。

「這樣沒有關係嗎？」他問道，「妳會不會對鱗銀小姐太嚴厲了？」

龍羽黑瞥了一眼龍鱗銀的方向，哼了一聲，賭氣地別過頭去。

「不管她！」她噘著嘴說道，「偶爾要給她一點教訓才行，銀姐最近的行為越來越誇張，如果她再不改過的話，到了學校肯定會為我惹麻煩的。」

「我想應該不至於會這個樣子吧？」

韓宇庭稍微有些同情起龍鱗銀來了，試圖幫她緩頰，可是龍羽黑毫不聽勸，怒氣沖沖地踏上了樓梯。

雖然龍鱗銀的處境堪憐，可是此刻的韓宇庭很快就沒有時間去顧慮她的事情了。

這並不是他第一次上龍家的二樓，儘管上一次，他只到走廊就碰上了已經起床的龍羽黑，對這裡的一切只是驚鴻一瞥。

而這次，他貨真價實地踏上了二樓的地板，甚至能進去龍羽黑的房間，此刻，可說是他有生以來最為興奮緊張的一刻。

啊啊！彷彿肚子裡面有一隻兔子正不斷踢著自己的胃。

漆成深黑色的簡樸木門，唯一的裝飾是正中央一道金色的龍形圖騰，以及用釘子懸掛、上面寫著「禁止銀姐偷看」的木牌。

龍羽黑打開了門，房間裡沒有點燈，黑壓壓一片。

「進來吧！」

她從容不迫地踏了進去。

韓宇庭也準備邁開腳步，可是就在跨進房間的前一刻，忽然回想起了之前進入龍鱗銀房間時所發生的慘劇，「嗚」地喊了好大一聲，硬生生地縮回了腳尖。

「呃哇啊！」

因為抽腿的力道太過猛烈，韓宇庭身體直接轉了一圈，緊接著便失去了平衡。

龍羽黑聽見了異聲，連忙回頭，看見韓宇庭姿勢怪異地揮舞著手腳，傾斜向前倒下。眼見慘狀即將發生，黑髮少女本能地閉上眼睛。

砰！

哀號聲重重響起，韓宇庭狼狽地跌了個狗吃屎，還換來龍羽黑一臉狐疑的神色。

「你在幹什麼？難道連路都不會走了嗎？」

「沒、沒什麼。」

韓宇庭趕快爬了起來，感覺臉頰有些滾燙，但願這不是因為撞到地板的關係。

龍羽黑打開了電燈，眼前是一間再平凡不過的臥室。

四坪大的空間並不算特別寬敞，和韓宇庭的房間相去無幾，裡頭擺放著造型簡單的書櫃、衣櫥、一張小几還有床，光潔乾淨的牆壁上沒有任何裝飾品，但是淺藍色的壁紙非常典雅，自然而然地散發著一股舒服的氣息。

龍羽黑房間內簡單樸素，令韓宇庭有些驚訝，他原先以為少女的房間裡一定藏著各種意想不到的祕密。

這或許是另一種形式的意想不到吧！

「哇啊！」

「你到底在驚嘆什麼？我的房間有什麼奇怪的地方嗎？」龍羽黑皺著眉，「從剛開始你的樣子就一直很奇怪。」

「我、我是驚訝，妳的房間和鱗銀小姐的真不一樣。」

「又不是每個人都會閒到像她一樣用空間魔法把臥室和龍穴聯在一起，這樣大小的地方用來起居就已經很足夠了。」

韓宇庭訝然地注視著龍族少女，難道龍羽黑的意思是，她就連休息時也不必變回龍形嗎？說起來，韓宇庭好像從來不曾看見龍羽黑展現出龍的形態，她的真身到底是哪一種龍呢？這個問題一直讓韓宇庭覺得納悶。可是看她現在的臉色，彷彿在暗示自己最好不要多問。

韓宇庭趕快轉移話題，「不過，龍同學妳的房間擺設還真雅緻。」

「少灌我迷湯了，進來點，我要關門了唷。」龍羽黑謹慎地向外多看了幾眼，確定有沒有人在偷看，「銀姐應該不會跑上來偷看我們吧？」

「等、等一下！」動作再不快一點的話就要被門夾到了！韓宇庭匆匆忙忙地走到更裡面的地方。

第一次進入女孩子的臥房，他完全不知道把手腳擺在哪裡好，模樣看起來十分笨拙。

龍羽黑快要看不下去了。

「不要傻呼呼地在那邊站著啊，找個地方坐吧！」

「喔，喔！」

這個房間裡沒有半張椅子，找不到地方坐下的韓宇庭，無可奈何之下，只能求助地望著房間的主人。

「你坐這裡。」龍羽黑指了指床前的小几，自己則走到了小几的另一邊。

看來這裡就是龍羽黑平時讀書寫字的地方了，地板上鋪著的草綠色地毯相當柔軟，即使坐再久屁股也不會痛，高度大約到兩人腰部之間的小几上方，散放著幾本沒有闔上的書籍。

「龍同學妳還真用功啊！」韓宇庭讚嘆地說。

看起來龍羽黑平時的閱讀量極為龐大。

「這是當然的，我無時無刻不在學習有關人類世界的事情啊。」

韓宇庭十分好奇龍族少女都是從什麼管道獲取人類世界的知識，於是把手伸向了書桌。

「這些是什麼？《尼〇河少女》、《長〇叔叔》、《總裁我愛你》……咦？」

一系列全部都是少女漫畫或是言情小說的名字，難、難不成，這些就是龍羽黑獲取人類世界知識的管道與來源？

龍羽黑凶悍地一把將韓宇庭手上的書奪走。

「不、不准看！」

然後急急忙忙地把它們塞到棉被底下。

韓宇庭啞口無言，龍羽黑則是又羞又氣地瞪著他，「你再不乖乖坐好，我、我就不繼續教你了喔！」

「知、知道了。」

好奇事小，成績事大，萬一真的惹惱了龍羽黑，那他的麻煩恐怕就大了。韓宇庭不得不快快地安分就座，等待龍羽黑發落。

龍羽黑沒好氣地說，「剛才在樓下教你的部分應該都能理解了吧？」

「是的。」

「那你現在先自己做做看題目，如果有不會的地方再問我吧！」

「好的。」

韓宇庭攤開了課本，開始認真地做起題目來。

時間靜靜地流逝。

沙沙～沙沙，只有原子筆摩擦在書頁上的聲音在這個房間內浮動。

有好長、好長一段時間，龍羽黑一直都沒有說話，專心書寫著的韓宇庭，到了最後不禁開

始覺得有些無聊。

好不容易把整面的習題都做完了，他抬起頭，卻發現龍族少女那罕為人見的一刻。

龍羽黑將手撐在臉頰上，閉著眼睡著了。

「龍……」

韓宇庭悄聲呼喚，聲音剛擠出唇邊，卻又馬上吞了回去。

就讓她繼續睡吧。

龍羽黑露出平靜柔和的表情，正平緩地發出嘶嘶的呼吸聲，看來睡得正香甜呢！

「唔……」

韓宇庭呆呆地望著龍羽黑的睡臉出了神，可是過不了一會兒，他感到身體裡傳來一種很特別的訊息。

「……想上廁所。」

實在快要憋不住了！

他盡量不驚動龍羽黑，躡手躡腳地從小几起身，走出房間。

「嗚哇！」

剛打開門，韓宇庭馬上飽受驚嚇地大叫出來。

「哇啊！」

一直躲在門外的龍鱗銀也是同樣地驚訝，但是她的反應迅速多了，很快地大喊：「翼藍，你為什麼鬼鬼祟祟地躲在小黑門外，到底在打什麼鬼主意？我絕對不允許這種可惡的事情發生，給我滾開！小黑的房間由我來守護！」

「慢、慢著！噓～」韓宇庭連忙掩住了龍鱗銀的嘴，「鱗銀小姐，龍同學睡著了，妳這樣子會把她吵醒的。」

「哦，哦，什麼，小黑睡著了嗎？」龍鱗銀安心地摸了摸胸口，「原來如此，那她就不會發現我躲在門外偷聽了吧？」

「……是的。」

想不到銀髮女子還真的跑來竊聽了，而且，她是不是還想把責任推到自己的弟弟身上？

「唔……」才剛鬆懈下來沒多久，龍鱗銀馬上換上了一副殺氣騰騰的神色，瞪視著韓宇庭。

「怎、怎麼了？」

「你跟我來！」

說完一把抓住了韓宇庭的手腕，將還搞不清楚事態的他強硬地拖出了走廊。

「我、我已經跟妳說過很多次了呀，鱗銀小姐，我和龍同學只是在房裡念書，什麼事都沒有發生。」

「你說的是真的嗎？我不相信！」

「是真的啦！要不然，妳大可去找龍同學求證！」

「我才不要呢！小黑她現在對我壞透了。」

韓宇庭困擾地嘆了口氣，望向眼前這位死纏爛打的銀髮女子。

「總而言之，我絕對沒有騙妳。還有、還有……我快要憋不住了。」

「憋不住什麼？」

「……上廁所。」韓宇庭痛苦地說。

「快去！洗手間在那個方向。」龍鱗銀把身體縮了起來，不停地指著某個方向，「韓宇庭，拜託你可別在半路上就……就尿出來啊！」

「怎麼可能啊？我都已經是高中生了好嗎！」

過了一會兒，韓宇庭終於神清氣爽地從洗手間走了出來。

此刻的他覺得身輕如燕，也終於有精神可以好好觀察周遭的景象。

韓宇庭並不是第一次來到這裡。

他現在所身處的地方，是一處有著好幾座足球場加起來那麼大的遼闊空間，天花板在將近十層樓的高度，雖然找不到任何光源，可是一景一物依然清晰明亮。

這裡是龍鱗銀的房間……與其說是房間，還不如說是龍穴較為貼切，不管怎麼看，這個空間裡的每一樣設施都不是供應給「人」生活而設置。

巨大杉木疊放在龍穴的一角，用途是作為火爐的柴薪，看樣子每一棵的樹齡都有好幾百年。那巨大的火爐簡直可以媲美一座小屋。而被當作龍的睡床的乾草則是堆得像小山一樣高。

龍鱗銀坐在切伐整齊的杉木堆上，心情看起來毫無好轉的跡象。

「喂！韓宇庭，你說說看該怎麼辦啊？」

「啊，什麼怎麼辦？」

「小黑現在對我的評價一落千丈，再這樣下去，我的地位就要變得比龍翼藍還低了！」

在龍同學心中早就是如此了吧……韓宇庭在心裡暗暗嘀咕著。

「究竟是為什麼呢？我明明這麼為小黑著想！」

看來，就算是睿智的龍也會有苦惱的時候啊！

韓宇庭躊躇了一會兒，終於開口說道：「我可能有想法，提供給妳作為參考。」

「快說！」

「鱗銀小姐，冒昧地請問，妳們家的家務事都是翼藍先生在負責的，對吧？」

「是啊！」龍鱗銀理所當然地回答道。

「那麼目前是由誰在賺錢養家呢？」

「我們的龍穴……」大概是想開口說有著取之不竭的財富吧？但是她偏著頭想了一想，還是回答：「翼藍吧，只有那傢伙有上班。」

大概覺得韓宇庭的問題很奇怪，她露出了困惑的神色。

「那麼這就對了！鱗銀小姐，這就是龍同學在意的地方。現在的青少年，正處於自尊心最強烈的叛逆期，大家往往會將彼此的家長拿出來互相比較喔。」

「咦？」

「因為家長的職業與身分，代表了學生的家庭背景。」

想脫離卻又無法脫離家庭的孩子們，最在意的就是自己的生長環境，韓宇庭所說的正是最切中事實的部分。

「雖然現代人漸漸地不再認為職業有所高低貴賤，可是不變的是，任誰都希望自己的父母親能被大家欽羨稱讚啊！」

龍鱗銀越聽越是露出膽顫心驚的模樣，而韓宇庭則是同情地看著她。

「但是呢，鱗銀小姐現在的狀況可說是與大家的理想目標背道而馳。妳不但沒有在打理家務事，更缺乏一份正當的工作，妳想，這樣要如何讓龍同學開口向朋友介紹？」

「嗚！可、可是我是她的姐姐啊！」龍鱗銀不甘地說道，「居然會因為家人而覺得丟臉……這樣子的想法太奇怪了。」

「一點也不奇怪。」韓宇庭難得板起了臉孔說道，「鱗銀小姐不正是希望讓龍同學融入人類世界的環境與想法，才讓她去上學的？現在龍同學的反應就是人類高中生最自然的反應啊！」

韓宇庭說完，龍鱗銀的嘴角似乎在一瞬間揚起了微笑，只是在轉瞬之間，銀髮女子卻又換上一副慌慌張張的樣子。

「雖、雖說如此，但、但是人家也有在認真努力……」

「是真的嗎？」

就連韓宇庭也忍不住懷疑，任憑他怎麼看，都覺得龍鱗銀平常一定是無所事事地待在家裡虛度著每一天嘛！

在這寬敞龍穴的一小角，比上次來時多了一小塊堆滿雜亂物品的空間，有著人類尺寸的椅子、暖爐、超大螢幕的電視……等等生活用具，應該是龍鱗銀以人類形態活動時所使用的空間。但是在那塊區域裡頭完全找不到一本書籍，反而四處散放著電玩遊戲、漫畫、影片，還有吃剩的餅乾袋跟飲料罐，顯而易見地，龍鱗銀一定過著相當頹廢糜爛的生活。

龍鱗銀看見讓自己原形畢露的那處區域時，終於無法再替自己圓謊，放棄似地長嘆一口氣。

「那我該怎麼辦？」

「只要去找工作就好了吧！」韓宇庭直截了當地建議道。

「好困難喔……」

「鱗銀小姐！」韓宇庭為她加油打氣，「天下無難事，只怕有心人。」

「對啊，我不可以認輸！」龍鱗銀振作了起來，「我知道我能夠做些什麼了，我之前在書上有看過類似的名詞。」

她真的會讀人類的書籍嗎？

就在韓宇庭驚異的注視下，龍鱗銀一頭鑽進了乾草堆裡東翻西找，終於找出一本薄薄的小書。

「啊哈，找到了！」

韓宇庭眨了眨眼。

「我這個就叫做……自由投資人。」翻開書頁，龍鱗銀高興地說道，「運用自己的聰明才智，在投機市場上賺取豐厚利潤與獎賞，是種需要高度專業知識的行業。」

「妳這根本只是從書中現學現賣的而已吧！」就連韓宇庭也忍不下去了，「說出這種話來，難道不需要和真的努力在市場上賺取金錢的投資客道歉嗎？」

「為什麼需要道歉？」龍鱗銀鼓起了臉頰，「等、等著看吧，我、我只是還沒開工罷了。就憑我的實力，哼哼！要在這個領域中呼風喚雨也不是什麼難事，別忘了我可是龍啊！現在首要之事，就是先把這個叫做『股票』的東西給弄懂！」

「現、現在才要臨時抱佛腳嗎？」

「別不相信我啊，韓宇庭。」

難道這就是身為龍的自信？但是不管怎麼看，都比較像是過度膨脹的自信吧？

韓宇庭無奈地搖了搖頭，無論如何，他能幫的也就這麼多了，剩下的必須靠龍鱗銀自己努力。

「好啦，我要開始奮發向上了。韓宇庭，這次你幹得不錯，至於你和小黑在同一個房間裡頭做了哪些見不得人的事情，我就暫時不予追究好了。」

「我已經說過啦，我們根本沒有做出那種事好嗎！」韓宇庭忍不住又急又氣地大叫。

龍鱗銀完全沒有理睬他，把手一揚，空氣中立刻捲起了一道氣流，把驚訝的韓宇庭送上了空中。

距離地面好幾層樓高的龍穴出口，非得要龍族的魔法才有可能離開，雖然身在半空中，可是他可以確實地感受到腳底下的風力十分穩固，所以他很快地不再那麼驚慌。

底下的龍鱗銀慢慢變成了一個小黑點，而韓宇庭則是安然無恙地來到了出口的門邊。

門一打開，就回了龍家原本的空間，一棟狹小、中古的三層樓住宅。

竟然能與比建築物本體還要寬闊的龍穴連接著，龍族的魔法真是不可思議。

「韓宇庭？」

「呀，龍同學？」

走廊上，一看見韓宇庭，黑髮少女陡然在一瞬間安心下來。

「你跑去哪裡了？怎麼我一醒來你就不見了？」

「妳先鎮定一點，龍同學，我只不過跑去鱗銀小姐那邊和她商量一些事情罷了。」

「銀姐？」龍羽黑瞪大雙眼，「她有沒有對你怎麼樣？要是她又脅迫你做任何事情的話，我可饒不了她。」

從黑髮少女身上散發出來的這股氣勢，就像要馬上捲起袖子，去找自己姐姐算帳一樣。

韓宇庭連忙搖搖手，「絕對沒有，鱗銀小姐只是找我諮詢一些事。她現在正為了不讓妳在家長座談會的時候丟臉而努力。」

「銀姐？」同樣的一句話，但是這次龍羽黑卻露出了大出意料的愕然神色，「是真的嗎？難道是天要塌下來了？」

韓宇庭正經地點了點頭。

「算、算了吧……天知道她那種三分鐘熱度的個性能夠持續多久。」

龍鱗銀忽然產生這麼大的轉變，龍羽黑相當不可置信，看這個樣子，如果有機會的話，她恐怕會捏一捏自己的臉頰，確認自己是不是在作夢。

「既然已經找到你了，其餘的事情我不想繼續追究了。」龍羽黑有氣無力地說道。

他們兩人來到廚房，龍羽黑為口渴的自己斟了一杯水。

一口氣咕嚕咕嚕地喝完杯子裡的水以後，黑髮少女發出了短促的嘆息，用力把杯子擺在桌上。

情緒開始鬆懈下來之後，韓宇庭注意到龍羽黑現在的狀況並不像往常那樣精神奕奕。

可能是剛睡醒的倦意還沒有完全消除的緣故，黑髮少女的視線想要對焦卻又沒有辦法對焦，反而逐漸變得呆滯，搖搖頭後，驅散恍惚，可是沒過幾秒卻又故態復萌。

「嗚……」

現在的龍羽黑，看上去就是個貪打瞌睡的少女。

然而在韓宇庭的眼裡看來，這樣的她卻比任何時候都更加惹人憐愛。

強烈的睡意襲上黑髮少女的秀臉，她打了一個大大的呵欠。

「想睡了嗎，龍同學？」韓宇庭前傾著身體，關切地問道。

龍羽黑抓住他的手，搖了搖頭。

「那麼……」

「韓宇庭，我有話對你說。」

「請說吧。」

「請你不要這樣一聲不吭地忽然消失。」

「對不起，下一次不會了。」韓宇庭怔了一怔，緊接著誠摯地向她道歉，「我不知道妳竟然這麼看重這件事情。」

龍羽黑抬起頭來，視線對上韓宇庭的眼睛，「我當然……我當然看重這件事情。韓宇庭，我重視你們，你、雅心，還有砲灰……你們是我來到這個世界以後最先真誠對待我的人……因為、因為過去在龍之界域裡，我從來就不曾結交到像你們這樣的朋……朋……朋友。」

最後幾個字消失在細微的囁嚅中。

她羞澀地撇過頭去，好像不敢再直視著他一樣。

「一直以來受到你們的幫助，我始終在尋找可以為你們做什麼。」龍羽黑佯裝鎮定，兩頰卻已經燒得緋紅，「當雅心說到我的功課很好，或許可以幫忙教導你們的時候，我好高興，一直把這件事銘記在心。」

第一次聽見龍羽黑如此坦率地表露內心情緒，韓宇庭感動得什麼話都說不出口。

「可是，當韓宇庭你有事情瞞著我的時候，我卻連問也不敢問，只能自己一個人偷偷地躲到蛋糕店裡懊惱。」

韓宇庭大吃一驚，「龍同學……」

原來是這樣的啊！他赫然察覺到一件始終被自己忽略的事實。

他的世界遠比龍羽黑的更加遼闊。

生活在人類世界的這十幾年來，韓宇庭的身邊自然而地繚繞著師長、朋友以及知心的夥伴，雖然也許比不上某些手腕豐富的人們那樣交遊廣闊，可是看在一個初次造訪陌生世界的智慧種族眼底，已然是極為超乎想像的了。

龍羽黑的世界只有少數的幾個人而已，即使她在韓宇庭的協助下結交到了黎雅心、砲灰等朋友，但這些人同樣也是韓宇庭的朋友，甚至與韓宇庭認識的時間更長。

他等於是龍族少女與人類世界牽連的線，站在龍羽黑的角度看來，當韓宇庭遮掩著某件事情不讓她知道的時候，一定會相當地不安吧！

「那時候聽你這麼一說，才令我又想起，原來你還有別的朋友……而且還是不願意讓我知道的朋友。」龍羽黑沮喪地說道，「你還有多少事情是我不知道的呢？腦海中浮現出這樣的想法，讓我覺得你離我好遙遠。」

「不，沒有這回事，我根本沒有什麼瞞著妳的祕密。」韓宇庭自責地說道，「對不起，龍同學，讓妳難受了，我、我……」

「沒關係。」龍羽黑搖了搖頭，以韓宇庭從未見過的柔和表情凝望著他。

韓宇庭下定了決心。

「……龍同學，改天帶妳去看看我的那位朋友吧！或許妳們會很合得來。」

「是真的嗎？」

韓宇庭點了點頭，不希望再對龍羽黑有所隱瞞。

「我好高興。」龍羽黑雀躍地說道，然而過不久後又大大地打了一個哈欠。

她似乎快要撐不下去了。

「去睡覺吧！」韓宇庭扶起了哈欠連連的黑髮少女，攙扶著連路都快要走不穩的她，一步一步地爬上樓梯。

經過一番努力，終於成功將她帶到自己的床邊。

龍羽黑一沾上了床沿，便自動自發地鑽進被窩裡，蜷曲起身體背對著韓宇庭，不久，就發出了輕微的呼嚕聲。

韓宇庭露出了苦笑。

「晚安，祝妳有個好夢。」

說完，他躡手躡腳地離開了房間。

回到自己房間的時候，時間已經很晚了，洗完澡過後的身子暖烘烘的，韓宇庭站在房中稍微等待身體冷卻下來，不一會兒就差不多是就寢時間。

「幸好有龍同學幫忙，才能順利完成作業。」

他翻閱手上的課本，上頭密密麻麻的筆記，全是龍羽黑細心教導他後的辛苦結晶，視線緩緩滑過每一個字句，在他心裡湧上一股彷彿蜜糖一樣甘甜的感覺。

「咦！」韓宇庭對自己生出這樣的心情大感奇怪，「我是怎麼了？」

即使歪著頭仔細思索，也沒有答案，於是他收起課本，準備睡覺。

把明日應該攜帶的用品、衣服準備好，擺放在床頭，他換上睡衣，就在打算閉眼睡覺之前，又從床上爬了下來。

他來到窗邊，稍微掀開了窗簾，在灑滿鑽石般星辰碎屑的夜空底下，一輪明月照得韓家鄰居的屋子微微發亮，但所有的窗戶都是一片黑沉沉的，就像正緊閉著眼皮一樣。也許大家都入睡了吧！

望著龍羽黑房間外的黑色欄杆，心想著她此刻是否正做著一場好夢呢？

「我也點早睡吧！明天還有很多事情要做呢！」

韓宇庭自言自語地說完後，鑽回床上，閉上雙眼，盡情徜徉在溫暖被窩的懷抱，舒舒服服地進入了夢鄉。

不久之後，從韓宇庭的被窩裡頭，傳來了平穩的呼吸聲，證明少年已然熟睡。

也因為如此，他沒有察覺到接下來的一連串變化。

從他身體裡，慢慢、慢慢飄出來的黑霧。

朦朧稀薄，毫無實體的黑暗氣息，透出了棉被、穿過了窗戶，鑽出了韓宇庭的房間。

一點一點地朝著天空擴散的黑霧，就像是在向什麼人打信號一般，不停地發出了深邃幽冥的閃爍，徘徊在黑色與比黑色更加深沉的某個顏色之間。

雖說此乃尋常人肉眼無法看見的神祕現象，可是對於某些存在體而言，卻是再清晰不過的東西了，他們的雙眼可以看透黑暗之中的黑暗。

唰啦啦～

幽暗的身影降落在韓家的屋頂，彷彿就連夜風也比不上他們動作的輕柔。

「這就是……龍的住處嗎……為什麼看起來毫無防備？」

「完全偵測不到魔力的氣息，人類魔法師給的情報真的是正確的嗎？」

「謹慎起見，千萬不可以輕舉妄動，一個人回去稟告德古拉大人，其他人留下來繼續監視。我們一定要成功捕獲幼龍，為了吸血鬼一族。」

「……為了吸血鬼一族！」

四、吸血鬼，驟然來襲

「欸，韓宇庭，你今天是怎麼了，很不專心喔！」

伊莉莎白的斥責聲猛然在耳邊響起，韓宇庭頓時回過了神，捧在掌心的藍色火焰原本就已經岌岌可危，這下更是因為精神的動搖而存滅繫乎一線。

「哇啊！」

咻地一下子，火焰熄了。

「真是的。」伊莉莎白懊惱地說道，「這下又要重來了。」

「對、對不起。」

「算了，這項魔力持續釋放的訓練本來就要求很高的集中力，當然不可能一時三刻就練好，可是就算如此，你也應該更加專注一點。還是說，你當本姑娘灌輸魔力這麼簡單，都不會累的嗎？」

「不，我沒有那個意思。」韓宇庭慌張地道歉，「在巫老師回來以前我一定會完成練習的。」

伊莉莎白哼了一聲。

放學過後，兩人現在正待在安靜無人的自然科教室之中，努力地進行掌控魔法的練習，厚重的窗簾把外圍的噪音與光線全都隔絕開來。

雖然在上一次練習時，神祕魔法干擾了伊莉莎白的魔力傳輸，使得韓宇庭一度以為自己和魔法師的世界無緣，可是過不久，他便接到了來自巫老師的好消息。

理化課結束時，巫老師把他招到自己的面前，假意請他幫忙整理用品，實際上則是小小聲地說著只有兩人知道的祕密。

「我已經找到了破解那道魔法的辦法。」

「你說的是真的嗎，巫老師？」韓宇庭又驚又喜，差點沒控制好自己音量，趕快擺頭張望周圍，幸好沒有人注意到他們異常的舉動。

「說是破解也不完全正確，畢竟那可是龍的魔法。」巫老師的語調與神情依舊從容，「但是我向其他魔法師討教之後，發現並非沒有因應的方法，更想不到辦法竟然出乎意料地簡單。」

「是什麼方法呢？」韓宇庭心急地追問。

「只要嚴格控制魔力傳輸的量，不要高到讓魔法起反應就可以了。」

韓宇庭睜大了眼睛。

「我會囑咐伊莉莎白留意這一點。韓宇庭，今天也來練習吧！」

「咦，可是……」此刻韓宇庭所回想起來的，卻是昨天晚上龍羽黑向他吐露的心聲。

他該如何開口，才能讓巫老師知道自己希望龍同學也能一起參加？

「韓宇庭，你在想什麼？」

「啊，沒有。巫老師，我會參加的。」

「很好。」巫老師滿意地點了點頭，「不過今天放學後我有些事情需要處理，不一定來得及過去，我會安派伊莉莎白先到自然科教室，你們就做一些簡單的練習。」

說完，巫老師便帶著教具離開了。

一不留神，韓宇庭便失去了開口的機會，但是這也代表著現在還不是向巫老師坦白的好時機吧！

可能還要再過一陣子吧。韓宇庭心想，也許這種事情必須一步一步來，沒有辦法馬上就讓巫老師接受龍羽黑參加他的講習。

「我們再來一遍吧！」

吸血鬼伸出手，打算再向韓宇庭灌輸魔力，卻忽然皺起眉頭，「糟糕，魔力沒了。」

她的模樣一下子縮成矮小細瘦的體型。

「血吸得太少，能夠儲藏的魔力量本來就不多。三不五時又要重新吸一遍血，實在有夠麻煩的。」

伊莉莎白煩躁地拉住韓宇庭的手臂，「過來。」

「請等一下，伊莉莎白同學。」

「怎麼了嗎？想要休息嗎？」

「血被吸得太多，現在有點頭暈目眩。」

「真是拿你沒辦法。」

伊莉莎白嗤了一聲，坐在桌子上翹起二郎腿，放韓宇庭自己一個人休息。

為了讓吸血後的伊莉莎白可以持續維持變身，巫老師用厚重的窗簾把陽光完全遮擋住，只有一抹穿透了隙縫之間的霞光為教室提供照明，因此在韓宇庭眼中看來，周圍的一切景物既陰沉又昏暗。

只有金髮吸血鬼蒼白的秀臉在陰暗中格外明亮。

殘留在體內的魔力依舊觸動著他敏銳的感知能力，他發現此時搖曳在吸血鬼體內的魔力火光似乎比往日更為散亂，彷彿力量的主人正心事重重。觀察伊莉莎白的面容，的確像是若有所思。

伊莉莎白稍微抬起頭來，凝望著了阻絕一切的簾幕與厚牆，好像她的視線可以穿透它們一般，嘟囔著說道：「真是的，為了幫忙你的事情，本姑娘有好幾天都不能在粉絲的面前露臉了。」

「伊莉莎白同學還真是重視那些後援會的成員啊！」

「哼，那是當然的。只有那些人才是真的從心裡關心愛護我，不問利害，不問我的出身……作為回報，我當然也會珍惜他們。」

「咦，這是什麼意思？」

「跟你沒有關係。」

伊莉莎白自知說了多餘的話，連忙白了韓宇庭一眼。

「還是說你已經休息夠了，要繼續練習了嗎？」

「呃，這倒是還沒有……」

不知為何，韓宇庭總感到接觸魔力過後的身體有些疲憊，胸中彷彿存在著一團磊塊般地糾結鬱悶，明明之前不會如此。

「你反覆吸收了太多魔力，其實這會傷害你的身體。」伊莉莎白同情地看著韓宇庭，「不過他們就是要你這樣，那些吸血鬼與魔法師……哎唷！」

「怎麼了嗎，伊莉莎白同學？」

金髮吸血鬼忽然不發一語，用力抓住自己的手臂，緊咬嘴唇。

「妳好像很痛苦的樣子。」

伊莉莎白原本就十分蒼白的臉孔更加毫無血色，韓宇庭忍不住湊上前關切。

伊莉莎白警戒地遠離了他，「沒事，什麼都沒有。」

但是冷汗早已浸溼她的後背。

「我……本姑娘真的沒有事。」伊莉莎白逞強地挺直了背脊，朗聲說道，「言歸正傳，韓宇庭，如果你對練習還有什麼不清楚的地方，那就好好再看本姑娘示範一次。」

伊莉莎白玉手一揚，掌中央飄起微弱卻十分穩定的火焰。

「太厲害了！」

韓宇庭忍不住讚嘆。

「這沒什麼了不起的，只是最基礎的持續魔力輸出，所有上族一生下來就能做到……」伊莉莎白不屑地說道，眉頭一皺，忽然想起自己過去的經歷，於是又改口：「更正，應該說只要經過練習就可以辦得到。」

「那麼，到底是一出生就辦得到，還是需要經過練習呢？」

「……練習。」

伊莉莎白回答得有些不乾不脆。

「伊莉莎白同學，有件事情我一直想請問，你們口中所說的『上族』到底是什麼？」

「上族？」伊莉莎白愣了一下，「你問這個做什麼？」

「好奇。」韓宇庭誠實地回答，「我對智慧種族的一切都很想了解。」

「真是積極得過了頭。」

伊莉莎白無奈地翻了翻白眼。

「上族指的是智慧種族之中擁有特別強大的魔力的種族，雖然精靈、樹妖、妖精也都擅長魔法，但總體而言，只有吸血鬼、次天使、翼魔以及妖狐才能被稱為『上族』。這四個種族是最強的，他們天生就各自具備了獨特的魔法能力。」

「是什麼樣的魔法能力？」韓宇庭不知從哪裡找出了紙筆，用心地把伊莉莎白所說的每一句話都記錄下來，他對智慧種族的狂熱程度，令吸血鬼也不禁嘖嘖稱奇。

「上族獲取魔力的管道跟其他種族不太一樣。」

伊莉莎白豎起四根手指，一根一根地扳下。

「吸血鬼能從別的種族的血液裡得到他們的魔力；翼魔可以在其他種族使用魔力時產生共鳴；次天使能夠儲存最大量的魔力；而最後一個妖狐族，雖然本身能製造的魔力量十分微弱，卻具有把少量魔力大幅增加的本領。」

「哇，聽起來好厲害啊！」

「因為上族們獨特的能力，使得他們一直以來都在魔法世界中的政治舞臺上扮演了主要的角色。這些本姑娘就不多做說明了。」說到這裡，伊莉莎白的神色黯然，聲音也有些低沉，彷彿忌憚著什麼，「再多說下去，又要被『禁制』多折磨一次，我可受不了。」

「嗯？妳說什麼？」

「什麼也沒有，你聽錯了。」

伊莉莎白照樣以若無其事的態度打發韓宇庭。

「是嗎？不過，真的很謝謝妳，伊莉莎白同學。」韓宇庭真摯地微笑著說道，「不但犧牲了自己的時間陪我做這些練習，而且還不厭其煩地解答我的問題。」

伊莉莎白反而露出了複雜的神色，「舉手之勞，不足掛齒，反正這些也只不過是巫老師的要求罷了。」

「我知道妳雖然看起來常常在生氣，可是實際上卻是一個非常友善的人。」

韓宇庭毫不做作地說道，彷彿能夠一語勘破本質。

伊莉莎白雙眼瞪大，卻來不及開口。

「對了，伊莉莎白同學，我有一個想法，不知道妳能不能聽聽看？」

「說吧！」

「就是啊，那個……」話到嘴邊，又給卡在齒縫之間，韓宇庭惴惴不安地敲了敲手背。

稍早之前，當他向龍羽黑說出今天也不能與她一起回家時，黑髮少女再次露出那種摻雜著失望與體諒、讓他感到愧疚的眼神。

「有什麼話就趕快說吧，別吞吞吐吐的。」

「是、是的。」他最終還是鼓起了全身的勇氣，坦承道，「我想要讓龍同學知道我們在做的這項練習。」

「這、這怎麼可以？」伊莉莎白大吃一驚，大聲反對，「你瘋了嗎，要是被巫老師知道，他一定會宰掉你的！」

「為、為什麼？」韓宇庭試著辯解，「雖然我知道龍不喜歡人類使用魔法，可是如果我們可以耐心地向龍同學溝通，說不定她不會計較。」

「這是不可能的，先不談龍了，魔法師怎麼可能會答應？因為魔法師他們訓練你就是為了……呃，又來了。」

伊莉莎白話說了一半卻忽然停止，接著像是渾然無事地舉起手來，用看似從容的速度摀住了額頭，其實卻像是要把自己的頭髮給抓下來般用力。

「唔……」

吸血鬼滾動喉頭，發出難以察覺的低吟，縱使她的臉色依然努力維持平靜，卻不知道能夠忍耐多久。

「伊莉莎白同學？」韓宇庭疑惑地四處嗅了嗅，「咦，是不是有什麼東西燒焦了？」

「大概是你的錯覺吧，別疑神疑鬼了。」

「伊莉莎白同學，妳的臉色不是很好看，是不是哪裡不舒服？」韓宇庭終究發現了伊莉莎白的異常，表現出毫無掩飾的擔憂，「需不需要我幫忙？」

「說什麼傻話，你哪幫得上——什麼——忙？」

「伊莉莎白同學！」

韓宇庭放聲高喊，衝向從桌子上摔落下來的吸血鬼。

伊莉莎白披頭散髮，咬緊牙關，顯是在拚命忍耐，她的身體像火焰一樣滾燙。

「啊啊！」

雖然飽受驚嚇，韓宇庭依然沒有放開雙手。

「禁制……」伊莉莎白緊閉雙眼，喃喃地發出幾個字，「……血……」

「呃！」

不知過了多久，金髮吸血鬼猛然從昏迷中清醒過來。

「發生什麼事了？」

她左右張望，眨了眨眼，四處則都是漆黑一片，幸好吸血鬼的眼睛擁有絕佳的夜視力，這種程度在她眼中跟燈光全開並沒有多大的分別。

「韓宇庭？」她吃驚地叫著。

身旁的少年倚在桌腳，兩眼緊閉，呼吸微弱如絲，若說他為什麼會變成這個樣子，從他捲起袖口可以推測出一二。

他的手腕上有著兩枚清晰可見的牙痕。

而他的衣服，以及周圍的地板上，都染上了怵目驚心的顏色。

「是失血過多嗎？」伊莉莎白眨了眨眼，低下頭來。向前凸出的豐滿胸脯，說明自己確實是處於變身狀態。

「多麼愚蠢的行為啊！」

雖然內容是責罵，但是吸血鬼的語氣卻極度地溫柔。

她調整了韓宇庭的坐姿，然後把手掌貼在他的胸口上，傳輸著魔力。

治癒的效果在韓宇庭的體內開始作用，他的呼吸變得平緩許多，從口中慢慢吐出了呻吟。

伊莉莎白總算鬆了一口氣。

「嗯?伊莉莎白同學？」過不了多久，韓宇庭終於張開眼睛。

「妳沒事吧？」

「你沒事吧？」

他們兩人幾乎是異口同聲。

錯愕了一陣，然後同時笑了出來。

「笨蛋！」

伊莉莎白忽然朝著韓宇庭的頭掀了一巴掌。

「為什麼要做這麼莽撞的事情，你差點就要死掉了啊！」

「啊，可、可是，那個時候我根本不知道該怎麼辦才好，我總不能眼睜睜地看著妳……看著自己的朋友發生意外吧？」

「什麼？」吸血鬼的表情因為驚訝而微微扭曲了起來，「你剛剛說了什麼，你說朋友？」

韓宇庭慌張地點了點頭，「能夠結交到像妳這樣的朋友，是我的榮幸。」

「本姑娘……本姑娘還是第一次被人類這麼說……」伊莉莎白舔了舔嘴唇，「但是韓宇庭，你知道自己現在為什麼會說出這種話嗎？如果你知道了真相，你還能夠說出同樣的話？」

「咦，這是什麼意思？」

「因為……」伊莉莎白覺悟地閉上眼睛，可是掙扎了一陣，終究放棄地嘆了一口氣，「不行，我開不了口，禁制的力量太強了。」

韓宇庭一頭霧水地看著吸血鬼，可是也看不出個所以然，雖然有點混亂，但確定伊莉莎白沒事，他稍微安心一些。

「妳說的禁制是什麼？」

「我不能回答你。」

「噢……」

見韓宇庭露出失望的神色，伊莉莎白解釋道：「這是有原因的，韓宇庭，這件事情關係到吸血鬼一族的祕密，我不能在外人面前透漏我們種族的事情。」

「我知道了，我不會勉強妳的，伊莉莎白同學。」

「本姑娘真不喜歡受你憐憫。」伊莉莎白反而不滿地說道，「要是米娜在的話，她一定會有辦法的。」

「對了，這麼說來，米娜同學呢，她平常不是都跟妳在一起的嗎？」

「米娜她……」伊莉莎白面有難色，欲言又止，「總之，她先回家去了。我們不要談這些了好不好？」

韓宇庭點了點頭。

「對了，你告訴我，你為什麼會想讓龍知道你在練習魔法的事？」

韓宇庭一五一十地將龍羽黑向他袒露心聲的事情告訴了伊莉莎白。

「就因為這種簡單的原因？」金髮吸血鬼難以置信地大叫了起來，「本姑娘真懷疑你的腦袋有沒有一只茶杯大！」

「嗚，可是……」

面對伊莉莎白嗤之以鼻的態度，韓宇庭顯得有些困窘。

「算了，這雖然是你的缺點，但說不定也能算上是你的優點。」伊莉莎白嘆了口氣，「要不是你這種傻個性，本姑娘也不會欣賞你……欸，我剛剛說了什麼？」

「妳說……」

「夠了，其實我都還記得，你給我住口。」伊莉莎白羞紅著臉，氣勢洶洶地制止韓宇庭開口，韓宇庭只好識趣地乖乖閉上嘴巴。

「總之，天色不早了，巫老師說他要是沒有回來，我們可以先回家。」

伊莉莎白像是一刻也不願久留似地，拿起了自己的書包，一副歸心似箭的模樣。

「真難得，他居然到現在都還沒有回來。」韓宇庭問道，「妳知道他去哪裡了嗎？」

「這不重要吧。」伊莉莎白一點也不想提起這件事，「反正就是去見一些不重要的人，談一些不重要的事。」

看她的模樣，分明知道巫老師的行蹤。可是既然對方並不想講，韓宇庭就識相地不繼續追問，只是把這件事情悄悄記在心底。

「妳要怎麼回去？」

「我家會派車子來接我。」

「喔喔，真好。」總是必須趕公車上下學的韓宇庭有些羨慕地說道。

「哼！如果是你自己過上這種生活，你一定不會覺得這有什麼值得高興的。」伊莉莎白說著說著，身體也因為耗盡了魔力而慢慢縮小下去，但是這並不影響她舉手投足之間顯露的尊貴氣息。

「好啦，我先走啦，明天有緣的話……學校再見吧！」

吸血鬼背對著韓宇庭，揮了揮手，瀟灑地離開了自然科教室。

「韓宇庭，有你的電話喔！」

「咦？」聽見媽媽從底下傳來的話語，正在房間裡寫功課的韓宇庭詫異地放下了手中的原子筆。

「是女孩子找你呢！而且不是雅心唷，呵呵呵～」

媽媽語氣中掩飾不住的戲謔之意，使得韓宇庭不禁有些困擾。

「媽，請妳不要那麼露骨地表現出唯恐天下不亂的態度好嗎？」

「哪會？有女孩子主動打電話給自己兒子，當媽媽的哪有不覺得開心的道理呢？」媽媽一副等著看好戲的模樣，滿嘴歪理地說道。

「開心歸開心，請妳不要拿出筆記本，這樣會讓我覺得很有壓力。」

「身為一個小說家，生活中無處不能取材。」

「別開玩笑了，媽媽，拜託妳尊重一下我的隱私吧！」韓宇庭從媽媽手中接過話筒，連忙催促她離開。

身為小說家的家人，韓宇庭已經養成了非得等到確定媽媽真的消失後，才肯放心地講電話的悲哀習慣。

真是的，下輩子我一定不要再當小說家的小孩了。

「喂，妳好，我是韓宇庭……」韓宇庭把耳朵靠近話筒。

他現在的心情有一點緊張。

會是誰打電話來呢？

該不會是龍同學……

不會吧，龍同學就住在我們家隔壁，如果真的有事的話，直接跑過來說就可以了。

但是，萬一、萬一有什麼事情是不好意思當面講的呢？

究竟有什麼事會這麼不好意思到不能當面講出來，那可就任憑猜想了。

電話那頭傳來了一道令人意想不到的聲音。

「嗨，韓宇庭，我是龍羽黑……開玩笑的。」

「米、米娜？」韓宇庭慌慌張張地大喊，差點連話筒都自手中鬆開，「呃，不，我是說米娜同學。」

「哈哈哈，不必那麼見外，韓宇庭，叫我米娜就可以了。」狼人少女發出一串爽朗的笑聲，「言歸正傳，我今天聽我家那隻伊莉莎白說過了，你是不是正在為了怎樣向龍同學解釋你和大小姐所做的事情而煩惱呢？」

「欸，是的。」

「唷唷～還真的是這樣啊！這聽起來有點棘手呢，不過伊莉莎白千拜託萬拜託我一定要設法幫你解決。」

「呃，真不好意思，米娜同學，還把妳牽扯進來。」

「沒關係的，伊莉莎白的事情就是我的事情。嗯……我有一個提議，你不妨聽聽看。」米娜頓了一頓，慢條斯理地說道，「你就這樣告訴龍同學吧！就說你是為了蒐集智慧種族的歷史資料，而和吸血鬼家族接觸，於是這陣子才不斷地去找伊莉莎白。」

「這、這……不好意思，米娜同學，我搞不太懂。」

「看來是我太心急了呢！」米娜咂咂嘴，「那我簡單地說明一下吧。吸血鬼家族裡收藏了許多智慧種族的歷史資料，韓宇庭，如果是你的話，一定很想要讀到這些珍貴的史料對不對？」

「沒錯。」

韓宇庭在電話的這頭不斷點頭，事實上，他的雙眼也正興奮得閃閃發光。

「呵呵，真不愧是個智慧種族迷。既然如此，那麼你特意來找伊莉莎白，想必大家也會覺得很合理。」米娜下了結論，「如此一來，既可以對龍同學有交待，巫老師那邊也不怕造成問題。韓宇庭，你的問題是不是可以解決了呢？」

「呃，可是……這樣是在對龍同學說謊吧，這不是我想要的。」韓宇庭面有難色地回答道，

「不管怎麼說，我已經下定決心，往後不論任何事都不要對她有所隱瞞。」

「嗚哇！看不出你這傢伙居然這樣堅定……啊哈哈，請原諒我，哈哈哈……抱歉啊我太失禮了。」米娜在電話那頭笑了好一陣子，好不容易稍微鎮定下來，「好吧，我也不是不能理解你的心情，我想任何人都不想傷害自己重要的人。如果你是這樣子想的話，那也不成問題，只要努力讓你變得不是在說謊就可以了。」

「咦，這是什麼意思？」

「我剛剛說吸血鬼家族收藏了很多史料並沒有騙你，韓宇庭，你可以帶龍同學來我們家，我們會展出那些珍貴的史料給你們看，這樣豈不就是兩全其美了嗎？」

韓宇庭錯愕了一下子，而電話那頭則響起伊莉莎白大聲抗議的背景雜音。

「米娜，妳在說什麼啊！怎麼可以隨便就把人家找來我們家裡？」

「有什麼關係，反正伊莉莎白妳不是一天到晚埋怨沒有朋友願意來拜訪嗎，這次正是個良機啊！」

「但、但是……」

「總之，其他的事情我會想辦法，不會出問題的，嗯？」

「好……好吧……」

「呵！其實妳的心裡也很期待吧，就不要再逞強了。」

「哪有這回事！米娜妳、妳不要亂講啦！」伊莉莎白哇哇大叫起來。

電話那頭的情景似乎非常混亂，不知道狼人少女最後是用什麼辦法處理在背後大吵大鬧的吸血鬼，總之，米娜的聲音再次傳了過來。

「你同意嗎，韓宇庭？為了防止你客氣，我可是要事先說明，這一點也不會對我們造成困擾的唷！」

「呃，要是這樣的話……」韓宇庭感激地說道，「那就麻煩妳了。」

「搞定。」米娜爽朗地說，「那麼，時間跟地點我再寄訊息給你，還有什麼問題嗎？」

「嗯，這個嘛……」韓宇庭困擾地搔了搔後腦勺，在剛才的對話裡，有一件事情令他特別在意，「這件事我不知道該不該問，可是，米娜同學妳剛剛說的『我們家』是什麼意思呀？」

「哎呀！看來是我忘記說明了，真不好意思。其實呢，我和伊莉莎白住在一起。」

「咦？妳們住在一起？」

「你一定很困惑我們之間是什麼關係吧，不過現在就別多加揣測了，來了你自然會明白。」

米娜用三言兩語打消了韓宇庭的好奇心，「對了，你會通知龍羽黑嗎？」

「會吧，不過現在已經很晚了，我打算明天……」

米娜一反常態，匆促地打斷了他的話，「現在就去通知她，如何？」

「咦，為什麼這麼趕？」

「嗯，韓宇庭你聽我說，也許，我是說也許，太晚了就會來不及，所以趁現在快點去比較好。」

米娜刻意加重了對話中的某幾個字，裡頭似乎帶有某種玄機。

「我明白了，那我……現在就去。」

「那就好。」米娜滿意地說道，「如果沒有別的事情，我要掛斷電話休息了，晚安，韓宇庭。」

「晚安，謝謝妳，米娜同學。」

直到最後，米娜依然保留著一貫的神祕作風，不過，也還好有她的幫助，韓宇庭覺得心情猶如撥雲見日般地明亮起來。

「媽媽，我要去隔壁一趟。」韓宇庭匆匆奔下樓，在玄關前一面穿著鞋子一面對著餐廳大喊。

「咦，你要去哪？」

「我要去找龍同學，約她這個週末一起出去。」

「要約會嗎？」不知為何，媽媽的兩眼炯炯有神，看上去居然比韓宇庭還要開心。

「不是啦！」韓宇庭漲紅了臉頰，拚命抗議，「我們是要去朋友家玩。」

「是剛剛打電話來的朋友嗎？」想不到媽媽的神色更加驚喜萬分，「真不愧是我的兒子，居然有辦法把一個女生……帶到另一個女生家裡……但是，腳踏兩條船是不好的行為喔！」

「我怎麼可能做出那種事情？求求妳不要越說越誇張好嗎！」

「咦，這難道不是韓宇庭你的修羅場嗎？」

韓宇庭簡直哭笑不得，不管怎麼樣，媽媽總是有辦法用她深厚的功力腦補，「事情才不是妳想的那樣！」

唉，韓宇庭無奈地感嘆著，真不知道要怎麼和自己的媽媽溝通才好——然而身為兒子竟然會萌生出這種想法，實在有點哀傷。

「好啦，我不鬧你了，你快點去吧。」

充分地利用自己的兒子取樂之後，媽媽總算放過了韓宇庭，於是他衝出門外，興高采烈地想把這件好消息報給龍羽黑知道。

叩叩叩叩叩！急促的敲門聲就像啄木鳥，但也充分地顯露了韓宇庭此刻的心情。

「來了來了，請不要敲門敲得那麼急，門會壞掉的。」前來應門的是龍家次子，龍翼藍，「哦，是宇庭呀，有什麼事嗎？」

「我有事情想要找龍同學。」韓宇庭難掩興奮地說。

「呃，好啊，羽黑現在正在自己的房裡。」龍翼藍稍稍讓開了一側的門，「請進吧！」

「謝謝。」

韓宇庭跟著龍翼藍走進屋內，他們才剛走到樓梯口，龍鱗銀的房門就先應聲開啟。

「喔，是韓宇庭啊。」戴著眼鏡，一副ＯＬ裝扮的龍鱗銀坐著一張巨大舒適的辦公椅，從房間裡面滑了出來。

「鱗銀小姐？」韓宇庭驚愕地揉了揉眼睛，「妳怎麼這副打扮？」

「真難得看到妳露臉。」龍翼藍也有些驚訝，「姐姐妳這幾天幾乎都不曾跨出房門一步，咦，妳為什麼在家裡也盛裝打扮？」

「嘿嘿！」龍鱗銀得意洋洋地推了推臉上的眼鏡，「這可是專業的象徵啊，你這個有眼無珠的弟弟。」

此刻的龍鱗銀，平日那披頭散髮、不施脂粉，衣服也隨便穿著的邋遢模樣早已蕩然無存，取而代之的，現在的她不但仔細化妝打扮，穿上乾淨優雅的高級套裝，甚至連頭髮都盤了起來，完全顯現出精明能幹的樣貌。

「這和以前簡直判若兩人了嘛！」震驚過度的韓宇庭一不小心就把不甚得體的感想說了出口，「妳是感冒發燒了嗎？」

「喂！說這什麼話啊，真是失禮，我現在可是很認真在開始工作了！」龍鱗銀一副理所當然的口氣埋怨著，可是這反而更容易讓認識她的人以為她真的燒壞了腦袋，「這一切都是為了讓小黑體認到我是她最棒的姐姐啊！」

「辛、辛苦了……那妳有得到什麼成效嗎？」

「哼哼，說出來嚇死你，不是我在吹噓呀，人類世界的投機市場在我眼裡簡直和小孩子玩的過家家沒什麼兩樣，只要我下一樁投資案可以成功，我們家就真的要用錢淹腳目啦！到時候小黑就會清楚地明白，她的哥哥跟姐姐究竟是哪一個比較可靠。」

「我沒有要和妳爭這個。」龍翼藍漫不經心地說道，「況且我們收集的財寶早就已經很足夠了。」

「哼！在我的字典裡面可沒有『錢已經夠了』這個詞存在。」

「不管怎麼樣，妳都是我的姐姐，這是不會改變的事實……咦，慢著，妳手上那不是花小姐送給我的布丁嗎？」

「這是我在休息時間的小點心，我可是很努力地工作過了唷！當然可以犒賞自己。」龍鱗銀愉快地撕開布丁上面的封膜，用小勺子挖出一大塊甜美多汁的布丁放進嘴裡。

「我說了那是我的布丁。」

「那你要寫名字呀！」

「我寫了啊！」

「我是說布丁上面啦！」

布丁上面……不就是黃澄澄的雞蛋嗎？龍鱗銀扔掉寫了龍翼藍名字的薄膜，故意再次舉起布丁，美美地在弟弟面前又吃了一口。

「啊，怎麼會有妳這種姐姐！」龍翼藍快要按捺不住了，「不好意思，宇庭，請你自己上樓吧，我有些事情要跟姐姐好好『談一談』。」

「這、這……」韓宇庭驚愕地看了看銀髮女子，再看了看藍髮男人，龍翼藍此刻正散發著像是完全不容他人置喙的氣息。

「要以下犯上嗎？」龍鱗銀欣然接受挑戰。

韓宇庭只好拋下了龍翼藍，不過他一邊爬著樓梯，一邊還在小小聲咕噥著，「不管怎樣都好，可千萬別連房子也拆掉了啊！」

然後一溜煙上樓。

二樓的景象仍是沒變，在一盞鵝黃色燈光中，韓宇庭看著龍族少女緊閉的房門，心裡面混雜著忐忑、不安與興奮，心情就像波浪一樣起伏不定。他想，或許他一輩子都無法習慣敲女孩子的房門。

他深呼吸了幾次，然後鼓起勇氣，拉起了門上的釦環。

「是誰啊？」裡頭傳來遲疑的聲音，「銀姐，就說這個時候別來吵我……」

龍羽黑打開了門，露出半顆頭來，「咦，是韓宇庭？」

「晚、晚安，龍同學。」

「唔，這麼晚了，你怎麼會來找我？」龍羽黑困惑地眨了眨眼，將房門推得更開，「先進來吧。」

完全踏入房間以後，韓宇庭這才注意到龍羽黑此刻的穿著，映入眼簾的情景實在教人訝異。

龍羽黑穿著同款的黑色睡衣褲，上半身的部分刻意拉長下襬，加大的尺寸讓衣服看起來更為舒適，領口處鑲綴了銀光閃閃的塑膠寶石，乍看起來像是排列的星辰。底下的寬鬆褲管與上衣相互呼應，邊緣長得都拖到了地上，一雙可愛的小腳就從皺摺的褲管之中探出趾頭。

這樣應該時不時會踩到吧，不會很難走路嗎？

「不、不要看了啦，我正要睡覺。」龍羽黑被看得有些不自在。

「啊，抱歉，我打擾到妳了。」

「沒關係，找我有什麼事？」

在韓宇庭造訪之前，黑髮少女可能是在折衣服吧！床上一半是凌亂的衣物，另一半則已經堆疊整齊。龍羽黑稍微推開還沒有整理好的那一部分，坐到床沿，抬頭等著韓宇庭開口。

「之前我不是跟妳說，在沒有和妳一起回家的時候，我是去和另外一個朋友見面嗎？」韓宇庭盡可能令自己的心緒平靜，「我覺得現在是時候讓妳們見面了。」

「說得這麼神祕，那到底是誰啊？」

「是伊莉莎白同學。」

「咦？」龍羽黑不可置信地輕呼一聲，「是那個吸血鬼？喂！韓宇庭，你明明知道那傢伙是我的死對頭，居然還跑去跟她見面！你最好給我個合理的理由，否則我絕不饒你。」

「請、請先別生氣呀，龍同學。」韓宇庭趕快安撫黑髮少女，並且把米娜教給他的說詞一五一十地全說出來。

聽完之後，龍羽黑陷入了迷惘的神色，「你是說，你是為了閱讀那些史料才去拜託吸血鬼？」

「是、是啊。」韓宇庭點點頭，「我很想了解更多有關龍與智慧種族……還有魔法的事。」

不知道會不會露出馬腳？

從龍羽黑的角度看來，韓宇庭的憂慮根本是多餘的，連他自己也沒有發現臉上的神色是如此懇切。這並非他擅長說謊，而是他不知不覺中說出了自己的心聲。

「總之，這個週末，伊莉莎白同學邀請我們去她家作客。」

「去哪裡？」龍羽黑睜大了眼睛，「吸血鬼的家？」

「這、這不是很好嗎？龍同學，妳不是一直想去朋友家拜訪看看嗎？」

「嗯，這倒也是……我看的那些少女漫畫……呃不對，是參考資料裡有提過，互相拜訪彼此的家庭是青少年友誼中不可或缺的重要部分。」龍羽黑講得頭頭是道，彷彿死黨家中玩耍是一件多麼莊重的事，「可是，沒想到第一次竟然是跟那隻吸血鬼……不對，誰跟她是朋友了啊？」

「龍同學，現在計較這件事情好像不太適合吧！」

「你說什麼，這可是很重要的事情，我說，吸血鬼她……咦？」

「咦？」

韓宇庭也加入了驚叫。

他的身上毫無徵兆地浮現出黑色的棘刺盔甲——這應當是只有偵測到強大魔力時才會顯現出來的自主防禦機制。

「究竟是怎麼一回……」

韓宇庭還來不及把話說完，燈光突然之間暗了下來。

「發生什麼事了？」

「呀啊，好恐怖，我怕黑！」

一片黑暗中，韓宇庭感覺到有一團溫暖柔軟的東西猛地靠了上來。

「龍、龍同學？」

那項存在不停發出驚恐不已的聲音，並且不斷往韓宇庭身上挨近，簡直就像是恨不得鑽進他胸膛裡一樣。

「救、救命啊！」

「等、等、等一下！」

韓宇庭被激烈地撞倒，同時，溫熱又甘美的氣息撲上臉來。

「鎮定一點，龍同學……呃！」

最後一聲慘叫那是什麼呢？那絕對不是因為龍羽黑胡亂掙扎的拳頭打中了不該打中的東西，雖然那也很可憐。

原本應該是緊緊拉上的窗簾不知何時居然被打開了，啪啦一聲傳來某種扭斷金屬的脆響，在窗簾被扯開之前就先被分向兩側的是背後的玻璃窗，而窗戶外面的鐵欄杆則被扭曲成了奇怪的形狀。

韓宇庭的慘叫聲正是針對了盤踞在欄杆上方的影子而來。

比窗外的夜空還要更加深邃的影子，只有一雙猩紅色的眼睛閃閃發亮。

「你、你是誰？」

對方似乎也很詫異，「咦，對象到底是哪一個？你是男孩子嗎？搞什麼，魔法師說的內應就是這樣子的小鬼頭？好了，快把幼龍交給我……啊，我忘了，人類是看不見我的吧？」

「怎麼可能啊，你在說什麼傻話？」

韓宇庭不知哪裡生出來一股勇氣，將龍羽黑拉到了身後。

「怎麼回事，難道你不是站在我們這邊的嗎？」

「誰跟你是同一邊的？不管你是誰，趕快給我離開！」

「所以我說實在受不了那些人類。」影子嘟囔完後，忽然咻的一聲竄入了房中。

「小心啦！」

「呃？」

「哇啊！」

可怕的勁風擦過韓宇庭的腦袋，對手出手之銳利簡直就像是拿冰刀迅速地劃過他的臉頰似地，等到他反應過來時，也只能慘叫了。

鏗！還好身上穿著能夠抵銷魔法的龍鱗盔甲，對方的攻擊被堅硬的護甲彈開，態勢雖然可怕，傷害卻微乎其微。

「沒有得手嗎？」

對手在極近的距離中噴著唾沫星子大喊，就在這時候，韓宇庭從對方的嘴裡聞到了嗆鼻的血味。

他腦中靈光一閃，這股氣味好像就在最近曾經聞到過，難道是——

他向前用力一推，將那個輕如鴻毛的入侵者推了出去。

「嗚！是、是怪物嗎？」

房間的另一側，龍族少女顫抖著的惶恐聲音傳了過來。

咦，她是什麼時候跑到那裡去的？

「不是，是吸血鬼。」

「咦？」

「你怎麼知道？」吸血鬼不太高興地大喊，「你到底是不是我們這邊的人啊？」

「是因為你嘴裡的血味。」

「咦，是吸血鬼嗎？那就太好了。」龍羽黑的聲音變得相當高興，「這樣就沒什麼好怕的了。」

「什麼呀，幼龍，妳剛剛不是還縮在那邊害怕得要死？」

「我是怕黑，還有怕怪物！」龍羽黑理直氣壯地說道。

「難道妳不怕我？」

「吸血鬼又不是怪物！」

「妳說這什麼……欸，好像有點道理耶。」

吸血鬼是智慧種族，據說稱他們為怪物的話還會惹他們生氣。雖然韓宇庭什麼也看不見，但他猜想現在那隻吸血鬼應該正摸著腦袋同意地點頭吧。

「咕哇！總之，不准再愚弄千年吸血鬼大法師了！」對方哇哇大叫，「乖乖地跟我們走吧，幼龍！」

「笨蛋，怎麼可能乖乖聽你的話！」

「那就休怪我動手了。」

嘶——

一陣令聽者覺得不祥的尖銳氣音破空而來，雖然有著龍鱗盔甲保護，可是一片黑暗之中韓宇庭什麼事情也做不了，只能用手護住頭部，試圖往龍羽黑的方位靠近。

黑暗中傳來龍羽黑驚恐的大叫。

「嗚哇，不可以用風系魔法！我的房間會被你弄亂的！」

轟隆～唰啦啦～一陣有如山崩般的聲音，掩蓋過少女慘叫的尾音。

「不～我的書櫃！」龍羽黑發出了悲痛欲絕的哀鳴，「整理那些很麻煩的耶！氣死我了，這下我絕對不會饒過你！」

劈啪！

陡然一道刺眼的閃光，亮得韓宇庭忍不住摀起眼睛大叫，迸出萬丈光芒的是龍羽黑的手掌，在強光中顯現身形的蒼白吸血鬼敬畏地後退了半步。

白光離開龍羽黑的手心，飄浮著附著到了天花板上。韓宇庭終於可以看清楚房間裡頭的情形。雖然吸血鬼的弱點是光系魔法，可是龍羽黑的法術似乎沒有對眼前的敵人造成太多傷害，吸血鬼雖然覺得不舒服，但還不到無法忍受的地步。

就著光線，韓宇庭赫然發現自己竟然在某個處所曾經見過對方。

「你是那天在停車場等著巫老師的黑衣人？」

吸血鬼瞥了韓宇庭一眼，完全不把他放在眼裡，慢慢地轉過頭凝視著龍羽黑。

他舔了舔乾澀的嘴唇，「真是驚人，只是施展一道最基礎的光系魔法，溢滿出來的魔力就像是要把整個房間都填滿了。」

魔力，確實，雖然光芒逐漸不再那麼刺眼，可是就連韓宇庭也能感受得到，從龍族少女身上飄散出來的魔力，簡直就像被風輕輕一吹就散得鋪天蓋地的蒲公英種子，遍布了整個空間。

它們是清晰、明亮，猶如敲碎金磚之後迸裂到最小的粉塵。韓宇庭不自覺地伸出手指，觸碰那些塵埃般細小的魔力，他體內的魔法師之血自動自發地與強大的力量產生共鳴。

傾刻之間，即使肉眼無法在黑暗中看見吸血鬼的身影，韓宇庭也能辨認出他體內熾熱地燃燒著的魔力。

「好強，比伊莉莎白同學更厲害！」

然而還有別的事情更教他驚訝，因為不只眼前這名突然闖進來的吸血鬼，他在發現屋子裡至少有十多位和他同樣法力高強的存在。這些身懷強大魔力的個體，在屋子裡飛快地移動。

「龍同學，小心後面！」

但是這時候示警已經太遲了。

一雙手穿破龍羽黑背後的門板，牢牢抓住了她的雙肩，嚇得黑髮少女失聲尖叫。

「嘿嘿！我怎麼可能單槍匹馬闖進龍穴擄人呢？當然會有同伴啊！」吸血鬼得意洋洋地說道，隨即快速地念動了咒語，朝龍羽黑擲出一道法術。

「哇啊！」

吃了偷襲的黑髮少女無法閃避，禁錮魔法準確無誤地封鎖住了她的手腳。龍羽黑吃力地掙扎，可是綁在四肢上猶如氣體般的法術，彷彿比鋼鐵還要堅硬。

為了徹底消除龍羽黑的反抗，吸血鬼二話不說立刻施展睡眠術，黑髮少女的眼皮隨即就變得像綁了鐵塊一樣地沉。

面對突如其來的變化，韓宇庭一時無法反應，可是他馬上就明白自己該做些什麼——他要保護少女。

「給我放開她！」

韓宇庭努力衝向門邊，吸血鬼卻只是快速地豎起一根手指。

「停。」

「呃啊！」韓宇庭慘叫，身體像陀螺一樣旋轉，狼狽跌倒在地，接著發覺自己的身體動彈不得。

「你這個蠢小子，難道還沒有發現自己早就被下了人偶的魔法嗎？」吸血鬼不屑地說道，「你不可能違抗身為主人的吸血鬼的命令，乖乖放棄別再抗拒了吧！」

「你說什麼，我的身上怎麼會有這種魔法？」

如果韓宇庭沒記錯的話，龍鱗盔甲應該會抵抗對他有害的魔法才對啊！

「這可不是普通的魔法，而是我們種族特有的力量，無論你用多高明的魔法都防禦不了的。看你一副還在狀況外的可憐模樣，我就大發慈悲地告訴你吧！你最近是不是有被吸血鬼咬過啊？」

「被、被吸血鬼咬……啊！」聽完了吸血鬼的話，韓宇庭恍然大悟的同時，腦袋就像被雷劈到一般震驚，「難道是伊莉莎白同學？這怎麼可能？」

受到背叛的衝擊讓韓宇庭感覺有如跌入了冰窖，從頭到腳的寒毛都一根根地豎了起來。

吸血鬼摸了摸自己的下巴，「詳細的情形我也不清楚，反正我只是接獲命令來執行任務。哈哈哈，小朋友，多虧了你，我們才有辦法定位出被強力魔法掩蓋的龍穴，策劃這起行動呢！」

「可惡！可惡！」

原來是自己害得龍羽黑變成這個樣子的，韓宇庭內疚自責不已，恨不得把腦袋撞到地板上，可是他的身體就像一尊硬邦邦的雕像，根本不是自己的，唯一還能夠自由控制的，就只剩下脖子以上的部位了。

「雖然我們出動了將近全部的大法師，但對方畢竟有成年的巨龍，無法保證能拖多久，還是趕快帶著幼龍離開吧。」吸血鬼摩挲著手臂呼喚道，「還在做什麼，趕快把幼龍抓起來啊！」

但是他的吸血鬼同伴，正確來說應該是穿透門板的那雙手，卻一動也不一動。

「喂！還在蘑菇些什麼？」

同一時間，韓宇庭忽然發現自己的身體好像又重新恢復了知覺。

不僅如此，他也察覺到了另一件奇怪的事情。

門板後不再散發出魔力的存在了。

不，恐怕不只是門板後，不知何時開始，整間屋子變得完全黑漆漆、靜悄悄的，好像空無一人。

「怎、怎麼回事？」吸血鬼也察覺到不對勁而慌張了起來，「偵測魔力術！」

施展完了魔法以後，他立刻發出了一聲慘叫。

「嗚哇！」

「吵死了，就不能安靜一點嗎？現在已經很晚了。」

龍羽黑的房門突然迸裂成兩半。

門後那隻吸血鬼全身癱軟地往前傾倒，鬆開抓住龍羽黑的手臂，失去支撐的黑髮少女頹然倒落下來。

「龍同學！」

還好在她倒地以前，韓宇庭奮力衝向她的身邊，及時拯救了龍族少女免於受傷的命運。

魁梧的身影大步跨進房裡，龍翼藍一手拿著緊急照明用的手電筒，另一手則握著一根球棒，斜下視線看向被抱在韓宇庭懷裡的妹妹。

「她沒事吧？」

「沒事。」韓宇庭回答，「只是中了魔法睡著了而已。」

「魔法？」

「這、這些人是吸血鬼，他們是來抓走龍同學的。」

藍髮男子點點頭，臉上露出恍然大悟的神情，眼睛裡頭卻是靜靜地噴出怒火。

「先替羽黑鬆綁吧。」

藍髮男子光用眼神就解除了束縛龍羽黑四肢的禁錮法術，看到了這幅景象的吸血鬼大法師，不禁嚇得屁滾尿流。

「你、你是什麼人？」

「我是她的哥哥。」龍翼藍簡單乾脆地說道，「斷電的時候察覺到有不速之客闖進了我們家裡，本來以為是遭小偷，不過沒想到，居然是想打我妹妹主意的更惡質的傢伙。」說完殺氣騰騰地揮了揮手上的球棒。

「ㄌㄌㄌㄌㄌㄌ……ㄌㄨㄥ……」可憐的吸血鬼，緊張得把所有的話都糊到了嘴邊，「成年巨龍？」他帶著哭腔，好不容易擠出這幾個字。

「一點也沒錯。」龍翼藍平靜地回答，而吸血鬼則開始嗚咽。

「你是要像你的那些同伴一樣，衝過來被我用球棒打昏，還是願意放棄掙扎，直接讓我揍你一頓？」

「你、你用一根球棒就解決了我所有的同伴嗎？他們每個都是修練千年以上的大法師啊！」

「信不信由你。我勸你最好選擇乖乖讓我揍一頓消氣。」龍翼藍冷淡地建議道，「我姐姐現在正在樓下抓狂，她說她有一筆好幾千萬的交易因為停電泡湯了，如果讓她知道你們是造成這一切的罪魁禍首，而且還動了我妹妹——」說到這裡頓了一下，「我想你百分之百會被她撕碎。」

吸血鬼馬上舉起手來，「可不可以打輕一點？」

「再說吧。」龍翼藍毫不猶豫，掄起球棒豪步向前。

五、智慧種族與萬點的星辰

十幾位吸血鬼排排站在眼前的景象還真是壯觀。

不說可能還有人不知道，但這些人全都是魔法修為超過千年的大法師。要聚集超過五名的千年大法師在一起，在魔法世界至少也得是一個小國的國王才能辦得到的事。

包含吸血鬼族在內，智慧種族有所謂的四大上族，即使在這些極為擅長魔法的上族裡頭，能夠得到千年大法師這種偉大稱號的人依舊寥寥無幾。吸血鬼族的人口將近十萬人，整個種族也只有不到五十人擁有如此的稱號，足見其可貴。

在他們原本的世界裡頭，千年大法師們要不是一方之霸，就是某個城市的顧問，再不然就是擁有崇高名聲的學者。然而現在這十幾位吸血鬼族的魔法精英，全都是一副鼻青臉腫的模樣，灰頭土臉地站在龍鱗銀的房間中。

銀髮女子坐在柔軟的辦公椅上，不耐煩地敲著扶手，以看著犯錯的小孩般的目光來回巡視著他們。

「你們之中誰要先上來領死？」

「啊，等一下，現在馬上就宣布死刑嗎？說好的正式審判呢？」大法師們慌張地面面相覷。

「少囉唆，又不是你們在股市裡慘賠，我好不容易等到價碼最高的時機，正準備大撈一票的啊！」龍鱗銀咬牙切齒，恨恨地說道，看起來就像是完全著了這名為金錢遊戲的魔道。

「銀、銀龍大人，如果只是區區幾千萬的話，我們家族裡要多少有多少，拜託妳饒了我們的性命吧！」

「哦，真的嗎？吸血鬼家族這麼有錢？」

大法師們點頭如搗蒜，「沒錯，我們家主德古拉大人和人類世界的政商名流有著很不錯的交情，雖然這麼說有些自吹自擂，但是我們吸血鬼一族，可說是四大上族中實力最強大的了。」

「哇，那還真是了．不．起．喔！」

仔細一聽的話，就會發現龍鱗銀的語氣中根本不帶著任何欣羨，完全是在敷衍。事實上，銀龍藏在龍穴裡的寶物富可敵國，只是吸血鬼們渾然不知罷了。

「那就這樣吧，在你們的家族付錢來贖你們之前，全都給我留在這裡，一個也別想跑。」

龍鱗銀翹起二郎腿，以不容辯駁的語氣下了結論。

聽完了銀龍的安排，大法師們縱使不太滿意，但畢竟保住了性命，有怨言也不敢在專橫的銀髮女子面前說出來。

實行綁架計畫的吸血鬼們，反而變成了肉票，韓宇庭哭笑不得地將這一幕看在眼裡。

「嗯？處置妥當了嗎？」龍翼藍從龍穴的入口推門進來。

連接著住處的傳送門離地面有三、四層樓那麼高，然而他卻蠻不在乎地跳了下去，落地後自得地伸直了腿開始走路，讓人懷疑他的膝蓋到底有沒有碎掉。

「處理好了。」龍鱗銀懶洋洋地抬起眼皮，「你那邊如何呢？」

「已經讓羽黑睡著了，基本上沒什麼大礙，只不過房間被弄得一團糟，而且門板也壞了。」

「門板壞了？」龍鱗銀暴跳如雷，用力扭過頭去，「這群吸血鬼一定要為此負責，你們之中誰要先上來領死！」

「為了一扇門板就要殺我們嗎？」大法師們完全不能夠接受。

「少廢話，不管是金銀珠寶還是一扇木門，那都是我的財產，身為這個家的主人，當然得要一視同仁。」

「門是那個人踢壞的！」其中一隻吸血鬼指著龍翼藍說。

「少在那邊推諉卸責了。」龍鱗銀皺起眉頭。

「算了吧，姐姐，我會負責把門修理好，先不談這個了。」龍翼藍對著銀髮女子使了個眼色，「今晚的事情對羽黑來說是個不小的影響，我擔心……」

「嘖，真是麻煩。」龍鱗銀嫌棄地說道，臉色也變得不太好看，「如果是這樣，我們也不得不做出相應的回應。愚蠢的吸血鬼，難道他們沒聽說過有些東西是絕對不能碰觸的嗎？」

「比如說龍的逆鱗嗎？」

「真是一個好比喻。」龍鱗銀依舊不停地嘟囔著，拖泥帶水地把背脊從椅子上拉了起來，轉頭命令韓宇庭道，「你先去把這些傢伙們全都帶到地窖裡關好，回來後我有事情要對你說。」

「你們家還有地窖啊？」

「唔……我就是相中這間房子的地下室，所以才買的。後來我就稍微改裝了一下。」

龍鱗銀舉手一揮，喚來一陣風，將韓宇庭跟所有的吸血鬼全都捲到了天上。吸血鬼們對龍族居然能隨手召來這麼強大的旋風而感到不可思議，不過韓宇庭倒是早就習慣了，這不知道是他第幾次被用這種方法送出去。

魔法將韓宇庭和吸血鬼們帶回了龍家本來的空間，窄小的走廊一下子塞進十幾名吸血鬼，頓時變得擁擠不堪。

「哎唷，不要擠！」

「嘿！小心一點，別忘了我們現在很脆弱。」

「為什麼你們現在看起來好像很沒精神的樣子？」韓宇庭忍不住好奇地發問。

即使離開了龍的視線，吸血鬼們依然不敢反抗或是亂跑，不僅如此，他們現在個個老態龍鍾，完全沒有之前那種趾高氣昂的模樣。

「一旦體內的『血』都消耗完了，就算是我們這些擁有大法師稱號的吸血鬼，戰鬥力也會變得跟小孩子沒什麼兩樣。」其中一名吸血鬼苦笑著說道，「光靠我們自身所能製造出來的魔力，恐怕連一個法術都無法施展吧。」

「怎麼會這個樣子？」

「不只是我們，每個上族都是這樣的啊！魔力是很珍貴的資源，所以我們一直要得到穩定的魔力供給來源……唉，只是我們實在太低估龍的能耐。」

「不要氣餒了。」看見吸血鬼個個垂頭喪氣的，韓宇庭反倒有些同情他們，「我是說，反正你們是輸給了智慧種族中的貴族，也沒什麼好丟臉的！嗯，我要打開地窖的門囉！」

韓宇庭如實按照龍鱗銀的吩咐，把吸血鬼們帶進了地窖。

結果他們一看見地窖內的景象，頓時一陣嘩然。

「天、天啊，這到底是什麼地方？」韓宇庭簡直要昏倒了，「這是怎麼改裝的？」

每次拜訪鄰居家，他總是會對龍家的空間結構產生問不完的問題。

眼前所見，是一處跟刑場完全沒兩樣的地下空間。

韓宇庭家裡也有間位置一模一樣的地下室，所以他很肯定龍鱗銀一定是用某種手段擴建了這個房間，只不過這樣的大小還是很難容納得下十幾個人。

狹小的空間裡頭沒有電燈，牆壁上掛著火把充作照明，牆角四處放置著一大堆古今中外的刑具，琳瑯滿目，還有一些連韓宇庭叫都叫不出名字來的器械，使人看了不寒而慄，種類之豐實在教人咋舌。幸虧這些東西看起來都還不曾被使用過，否則他可能會尖叫著逃跑吧。

當所有吸血鬼都進去之後，每個人就只能肩抵著肩站著，甚至無法旋身，也難怪他們叫苦連天了。

「喂！給我乖乖待著，不要吵鬧啊，要是哪個人敢亂來的話，我就用這些器具對付他！」

正當吸血鬼喧譁不已之際，半空中忽然傳出了龍鱗銀的恐嚇，嚇得大法師們就像骨牌一樣地跌倒在地。

「知道、知道。」

吸血鬼們誠惶誠恐地對著空無一物的頭頂上方不斷保證，安分地在地窖待了下來，只不過看著那些器械的模樣，好像還是膽顫心驚。

完成龍鱗銀交代的任務，韓宇庭趕緊爬出這個陰森森的恐怖地方，此時龍翼藍剛好從龍鱗銀的房間裡走出。

「宇庭，你先去看看羽黑的情況吧，姐姐在上頭等你。」

「好的。」

韓宇庭感激地回應，再次爬上樓梯。

原本被設置在龍羽黑房外的那扇門已經變成了撒落一地的碎片，在龍翼藍還沒有把它復原之前，暫時先掛上了布簾遮掩。

擔心龍羽黑的情況，他很快地掀開帷幕走了進去。

沒有點燈的房間一片黑暗，透過走廊上照進來的燈光，韓宇庭只見到一幅凌亂不堪的景象。事情發生得這麼突然，眾人也沒時間和心力去整理，只好等到天亮再說了。

「龍同學？」

韓宇庭小小聲地叫喚著，跨過地上的書堆、玩偶，走近床邊。

空氣中有著平穩、細微的呼吸聲傳來。

黑暗裡浮現了朦朧的輪廓，龍羽黑正平靜地躺在床上熟睡。

透過從窗簾隙縫灑落進來的月光，韓宇庭看見龍羽黑的睡顏十分柔和，忍住了吐到嘴邊的字句，決定不要打擾她。

就在這個時候，他驚訝地發現眼前出現了一幕神奇的變化。

窗外原本黯淡無光的夜空中，靜悄悄地閃爍起了銀亮的光芒。

「這是……」

銀色的光線彷彿一隻無形的手，咻地把韓宇庭面前的窗戶打開了。接著，銀光鑽入房中，輕柔、調皮地圍繞在他身旁，他的心中充滿了驚異與讚嘆。

虛虛實實、彷彿夢幻泡影的銀光，同時觸動了韓宇庭身上的龍鱗盔甲。盔甲的模樣卻有些透明，好像不甘願化為實體，而且也感受不到平日的重量。

「哇啊，好漂亮……」

低頭看著在自己身旁翩翩起舞的銀色光點，韓宇庭忍不住輕呼出聲，這樣的景象也許他一輩子都難以忘懷。

光點時而匯流、時而分散，千變萬化，彷彿永遠都有層出不窮的花樣，如果不是夜闌人靜，只怕他真的會驚呼連連。

夜風吹起簾幕，撲過來，抓撓著韓宇庭的頭髮。銀色的小光點好像對於他的遲疑感到不快，旋繞得更為激動了。

他的心怦怦跳著，銀光就好像在呼喚他一般捲動著漣漪。

韓宇庭小心翼翼地避免驚醒龍羽黑，爬到了窗邊，大膽地向外探出一隻腳。

要是這時有人看見了他的舉動，一定會嚇得大聲尖叫吧！

他沒有摔落下去。

正如他所料，腳下的空氣結實得宛如地表，穩固地承載著一名男高中生的重量。一股微不可察、讓人腳掌發癢的力量鑽入韓宇庭身體裡，暖洋洋的力量像是睽違已久的老朋友，讓他眼睛為之一亮。

「這是……魔力嗎？」

他的臉上綻放出彷彿尋獲寶物般的驚奇之色。

在前方必定還有一道一模一樣的空氣地面，韓宇庭說不出原因卻非常肯定。他試著探索周圍，果然就在提起腳的高度附近，尋獲了下一處落腳的地點。

盤旋在空中的看不見的實體，形成了一道無形的階梯。

韓宇庭大膽地沿著臺階一路拾級前進，最後終於看見了那個等待著他的事物的真正形貌。

一條身影盤踞在龍家屋頂上，靜靜地望著遠處遼闊的市鎮版圖，那是一頭渾身散發著美麗銀光的龍。

「……鱗銀小姐？」

「你總算來了，韓宇庭。」龍抬起牠那優雅細長的頸子，說道：「在你面前者，乃是風之主卡拉阿希特領主銀鱗。」

「銀鱗。」

韓宇庭又再一次見到銀龍的真身，此時他面前的已不是那名嬌縱自大的銀髮女子，而是氣勢深沉，眼神中彷彿存在著閱盡世間萬物之睿智博識，名副其實的智慧種族之貴族。

偶爾龍鱗銀也會恢復成龍的型態，然而當她以龍形出現並自稱為銀鱗的時候，她的人格與性情即會產生極端的變化。

韓宇庭上一次看見銀鱗的時候，牠完全展現了巨龍龐大的體型，身軀足足超過了二十公尺，然而這一次，銀鱗並未以如此偉岸的姿態現身。

儘管體型縮小了一倍，可是其所帶來的威嚴感並無二致。

究竟「龍鱗銀」與「銀鱗」之間有何分別呢？

韓宇庭身上繚繞著的光芒時而發亮，時而黯淡，銀龍以眼神示意他走近。

越是接近這頭碩大無朋的巨獸，就越是難以掩蓋牠的美麗與驚人。從裡到外，「龍」與其他智慧種族都存在著某種決定性的不同。

即使這四周圍到處飄浮著細微的魔力光點，可是龍的身體裡卻沒有智慧種族體內通常會具有的魔力火爐。有的只是一片如大海般廣闊深邃、簡直要把靈魂吸進去的漩渦，鋪天蓋地地充盈著他的視野。

「住手吧，韓宇庭，你會因此迷失自己的。」銀龍威嚴的聲音將頭暈目眩的韓宇庭從恍惚中重新拉回，「你要學著控制自己的力量，雖然你和最初的人類魔法師一樣，具有看見魔力真正型態的天賦，但若不謹慎行事，一樣具有風險。」

「謝、謝謝妳。」

韓宇庭好不容易才從恍惚的狀態中恢復過來。

銀龍挪動著牠的頭顱，耐心地等待他喘過氣來。

「我們的妹妹遭受襲擊了。」銀龍開口說道，「吸血鬼為什麼有辦法破解我們設下的反魔法偵測術，找到我們巢穴的位置呢？」

韓宇庭一陣錯愕，彷彿被人當頭潑了一盆冷水。

銀龍肯定沒放過他因羞愧而低下頭的這瞬間。

「你是否有想法？」

對於這個問題，韓宇庭心中早就有底了。

他老老實實地點頭承認，「那個……我想……我可能知道原因。」

然而如果自己說出了事實，銀龍又將會怎樣處置他呢？

「說說看吧。」

韓宇庭將吸血鬼大法師對他說過的話，包括他擅自和巫老師、伊莉莎白一起練習魔法的事情，統統告訴了銀鱗。

在艱澀地交代的同時，他一直低著頭，不敢面對銀鱗的目光。

可是當所有事情都說明完畢之後，他知道自己終究得面對現實，承受銀龍的怒火。

「……以上，就是我所知道的全部事情了，銀鱗。」

韓宇庭索性閉上眼睛，所有的念頭在轉瞬之間全都消失得無影無蹤，剩下的只是某種災難即將降臨的不祥預感。

「原來今天會發生這種事情，全都是因為你擅自接觸魔法師，韓宇庭。」

「這是……我是……」

韓宇庭方寸大亂。

銀龍的聲音就像是在談論今天天氣那般地稀鬆平常，可是聽在他耳裡卻猶如宣判死刑的諭令，令人不寒而慄。

「對、對不起！」

他的膝蓋開始不由自主地顫抖。

知道了自己與龍最忌諱的魔法師接觸，銀龍會有多憤怒？韓宇庭根本不敢想像，只差沒有兩腳一軟當場跪下。

面對著臉色蒼白、錯愕惶恐的人類少年，銀龍此刻卻令人意外地冷靜，吐出了不帶溫度的字句，俯瞰著韓宇庭。

「為什麼要道歉呢？」

原本已經徹底絕望的韓宇庭一時之間沒能反應過來，花了好一陣子才理解銀龍的意思。

「妳、妳不是在生氣嗎？」

「憤怒，我因何需要憤怒？」

韓宇庭猶豫到底該不該把話說出口，最後，他還是硬著頭皮說道：「因為是、是我害龍同學受到吸血鬼襲擊。」

「就算發生了這種事，錯也是錯在吸血鬼。韓宇庭，難道你聽說過遺失了東西不先懲處偷竊犯，反而先責怪屋主沒有把門窗關好的嗎？」

不是這個緣故嗎？韓宇庭訝異得說不出話。

「那、那不然就是我擅自學習了魔法，所以妳要來懲罰我。」

「擅自？學習了魔法？」銀鱗不以為然地說道，「這些理由更可笑了，我不可能用莫須有的罪名追究你。」

韓宇庭更加慌亂了，因為他即使想破了腦袋也還是找不出答案。

「難、難道，妳的意思是……是並不反對我成為魔法師嗎？」最後，他放棄似地望著銀龍說道。

銀鱗不置可否，像是默認了。

「可、可是，我以為龍很不高興我們這群魔法師私自竊走魔法，不是嗎？」

「我們？韓宇庭，你已經成為魔法師的一員了嗎？」

「啊，不、不！當然沒有！」韓宇庭慌張地搖著手否認。

「既然如此，那就不要使用那種錯誤的稱呼。」

「我知道了……」

銀龍緩慢地晃了晃腦袋，望著因為慚愧而抬不起頭的少年。

「無論是智慧種族也好，人類也罷，所有的種族都忘卻了與龍最初的約定。」銀龍以不耐的語氣說道，「聽好了，龍所憎惡的乃是人類私自竊取魔法的不可取行為，並不是人類使用魔法這件事。」

「咦？」

韓宇庭睜大眼睛，他還是第一次聽到這種論調。

他本想追問下去，銀鱗卻比他更快地開了口，「韓宇庭，你說說看，在你的心目中，魔法究竟是什麼？」

「魔法？」沒想到銀鱗會問這個問題，韓宇庭眨了眨眼，回答道：「魔法是智慧種族所擁有的特別的力量。」

「什麼是智慧種族呢？」

「呃……這個……」

「那麼，人類算不算是智慧種族呢？」

「呃……那個……咦？」韓宇庭吃驚不已，目瞪口呆地說道，「妳剛剛問了什麼？」

此刻，銀龍的臉上彷彿浮出了勝利般的淺笑——假使龍也有表情的話。

「韓宇庭，我將交付給你的任務，就是去尋找這個問題的答案。」銀龍說，「這個答案的線索，你可以在吸血鬼的身上找到。」

「吸血鬼？」韓宇庭一時之間沒辦法吸收這麼多資訊，「等、等等，為什麼是我，又為什麼是這個問題？」

「作為人類、作為魔法的繼承者，你有必要代表你的種族履行對龍族的承諾。這是魔法使用者的責任。」銀鱗不容辯駁地說道，「獲得龍族恩賜的同時亦伴隨義務，這不是不變的道理嗎？」

「……龍族的恩賜？」

銀龍嗤了一聲，忽然張開了背上那雙巨大的翅膀，細碎的銀光沿著牠搧出的氣流，紊亂地攪動。

風狂暴了起來，朝著天空咻咻咆吼。

「上來吧！」

銀鱗說完，一股氣流就將韓宇庭捲了起來，甩到牠的背上。

「呃啊！」

「抓牢了。」說完，銀龍撐開翅膀，躍向天際。

「哇啊啊啊啊——」

銀龍以超絕的速度向上疾衝，轉瞬間升上數千公尺的高空，韓宇庭只能死命地抓著龍背後的鱗片，不讓自己掉下去……假如不在這裡拚命的話，恐怕下一秒鐘就真的要死於非命了吧！

高空的溫度低寒刺骨，耳邊的風聲獵獵作響，但再怎麼狂暴的風勢都無法掩蓋銀龍的話語，

「接收這些力量吧，韓宇庭。」

龍的身上緩緩飄散出了銀光，鑽進韓宇庭體內，他立刻感到身體溫暖了起來，同時，原有

的魔力偵測能力也大幅提昇。

「這是……嗚哇！」

他忍不住讚嘆出聲。

他們現在正身處於哪裡呢？是天地之間的夾縫嗎？韓宇庭的頭頂、腳下，同樣是一片漆黑的混沌，也同樣是萬點璀璨的光芒。

究竟哪邊是天，哪邊是地？

銀龍放低……或者是提昇了高度。

韓宇庭揉揉雙眼，漸漸可以看見城市建築物的身影，饒是如此，地表距離他們依舊很遙遠，而在他眼中，世界變成了難以言說的景色。

數也數不盡的光點像光之大海一般遍布散開，漆黑的大地點綴著千萬顆寶石，彷彿無處不在燃燒，一點不比頭頂的星空遜色。

而這些都不是人造光線的光芒，而是更為明亮閃耀、熒熒變幻的靈魂之光、魔力之光。

震驚讚嘆之中，銀龍的聲音悠悠傳來。

「你看見多少光點，就代表雲景市之中有多少智慧種族生存著。」

韓宇庭點了點頭。

「每個光點都代表著一條生命、一道靈魂、一段歷史。從你的眼中看去，你能辨別出每顆光點的差異嗎？」

光點無窮無盡，綿延到天涯海角，直至地平線的終點也找不到它們的盡頭。

「我辨別得出來……卻又辨別不出來。」

韓宇庭先是點了點頭，復而搖了搖頭。

「每個光點的大小、亮度都差不多，乍看之下好像所有光點都是一樣的，可是我卻能感受到它們每一個都擁有獨一無二的性格，強烈地告訴我別把它們混為一談。我沒辦法更清楚地說明這樣的感受。」

他頓了一頓，說道：「但我覺得十分感動，能夠看見這樣的情景……無數生命同時在我眼前展現它們努力活著時的樣子，非常壯觀。」

「好好記著此刻你眼前的這幅光景吧，這樣的景色稍縱即逝，特別當九龍降臨之時。」銀龍意味深長地說道，「你的回答讓我想起，在幾千年之前，也曾有人以同樣的答案回答了龍的提問。」

「啊，是誰呢？」

「她的名字早已佚失在漫長的時光江河之中，連你們人類自己也不願意記住的名字，為何要龍記得？那是人類歷史上第一個魔法師，一切的開端就是由那時而起。」

「人類歷史上……第一個魔法師？」

韓宇庭想要繼續追問，銀龍卻陡然之間加快了速度。

「好了，這次就到此為止，我們要回去了。」

「呃、呃啊！」

龍再次加快速度，這次牠變得比風還要更快更凶猛，彷彿化作一把連空間都能切割的刀刃，城市裡的光不再是一點一點的模樣，掠過它們的同時，全都化作了綿延細長的線條。

眨眼之間，他們又回到了龍家的屋頂。

這時候，另一條龍坐在他們原本出發的地方等待著。

「藍翼？」

韓宇庭訝異地喊出了藍龍的名字，不消說，這當然是龍翼藍的真實面貌。

他對於藍翼這條龍感到又敬又畏。雖然這條龍在人類型態時的個性十分溫和，找不到比他更好相處的人，然而一旦恢復了真身，藍龍卻是比銀龍還要凶暴的可怕存在。

「銀鱗。」

短短的兩個字，已經道盡了藍龍的不贊同。

「你不需要擔心，藍翼，我知道什麼事情該做，什麼不該做。」

藍龍噴了一口氣，韓宇庭猜牠的意思應該是「隨便妳」。

「我、我是不是做了什麼讓藍翼生氣的事情啊？」他伏在銀龍背上小小聲地說。

銀龍噗哧一聲，「別傻了，你只是個渺小的人類，哪能對龍的心情產生什麼影響。藍龍生氣的對象是我。」

牠甩了甩尾巴，「下去吧，眼神不要跟牠對上，你不會有事的。」

韓宇庭乖乖地照做，滑下銀龍的身體後，躡手躡腳地向著樓頂的樓梯口走去。

他感覺自己就像是被貓盯上的老鼠，一路上，藍龍的視線簡直像要把他看穿，不斷掃過他的後背。幸好這只是錯覺，直到他踏上屋頂，藍龍什麼事情也沒有做。

「萬事萬物都有限度。」藍龍對銀龍說話的聲音響起，「我們是九龍。」

「正因為是九龍。」

「在她覺醒之前，我們該做的只有靜靜等待。」

「等待也有許多形式，我只是將秤上的砝碼擺放到公平的位置。」

「公平並非妳一個人能決定。」

「公平也不是九龍聚在一起便能決定。」銀龍毫不退縮地說道。

兩條龍之間的對話就像在打啞謎，韓宇庭不管怎麼聽都猜不出其中意涵。

「唉！」出乎意料地，藍龍居然無奈地嘆了口氣。

龍竟然也會嘆氣？韓宇庭一直以為他們變回巨龍的時候都是沒有感情的。

「只要妳知所分寸就好。」

這語氣，明顯是藍龍選擇了退讓。

一時之間，韓宇庭升起一股衝動，忍不住想要轉過頭看看藍龍現在的表情，可是心裡有道更大的聲音在警告著他：最好不要多管龍族的事情，不然你會死無全屍。

因為太過緊張的緣故，他花了好久才終於打開頂樓的門，現在只要裝作什麼事都沒有發生過，就可以平安無事地從這裡離開了，正當只差那麼一步的時候——

「請留步，韓宇庭。」

「呃……」

韓宇庭的四肢霎時變得有如從來沒上過油的機器人那般僵硬，他努力地想在轉身面對著兩條龍之前，撫平自己那張皺起來的面孔。

「稍早之前我問過羽黑，她透露明天要和你一起到吸血鬼的宅第作客？」

「咦？」

「真有這麼一回事嗎？」

「有……有的。」韓宇庭遲疑地回答，「但是我可以保證，這件事情和今晚的事件沒有關係，我們要去的是我們的好朋友——伊莉莎白同學的家裡。」

「你的保證恐怕沒有說服力，吸血鬼的襲擊已成為事實。」銀龍指出。

「信口開河。」

藍龍冰冷的視線掃過，那視線彷彿能將人凍得結霜。

「但、但是……」韓宇庭陡然想起了米娜在電話中的暗示，「我相信她們，伊莉莎白和米娜……一定不是真的想害我們。」

「憑據。」

藍龍的意思應該是要他拿出證據來吧！但這根本是不可能的要求，儘管畏懼著藍龍的威嚴，可是韓宇庭卻也不能就這樣退縮，逞強地挺起肩膀。

「真是的，藍翼，你不必勉強了，還是讓我來吧。」銀龍插口說道，「像你這樣惜字如金，很難與下界種族溝通。」

「好。」

「韓宇庭，我希望明天你還是能夠與羽黑一起赴約。」

「咦，為什麼？」

「我們會把事情解決乾淨，但羽黑只需要過著正常的生活就可以，這是我們對她的盼望。龍的身分不該干擾她在人類世界的生活。」銀龍高傲地抬起了下巴，「需要得到教訓的是吸血鬼。去赴約吧，讓他們知道龍族不會因為任何壓力而退縮——龍族不需要。」

「是、是的。」

「此外，你也想用自己的眼睛去確認事實吧！我認為你應該不願意輕易斷言被自己的朋友出賣……當然，任何人都很難接受。」

「我……我不想懷疑她們。」

「很好。」銀龍說。

「為了保護羽黑，我已經用魔法將她今晚的記憶洗去，你明天不要露出馬腳。」藍龍說道。

「為什麼要這樣做？」

「我們擔心這件事情會對她的覺醒有影響……嗯？我好像說得太多了。人類，這不是你需要操煩的事情。」

「是、是的！」

藍龍凶巴巴的語氣立刻讓韓宇庭放棄了一探究竟的念頭。

「好了，時間很晚了，回去睡覺吧。」

銀龍微微揮動尾巴，示意他可以離開。

韓宇庭巴不得早一秒遠離可怕的巨龍，也確實感覺到身體之中湧上一股巨大的疲憊，可是縈繞在他的心頭的那股困惑，卻又火熱地灼燒著他的頭腦，拒絕讓他的腦袋休息。

他只有一個疑問。

伊莉莎白與米娜，真的和今晚的襲擊事件有關嗎？

六、那麼，就到吸血鬼家拜訪吧

「咦，你確定地址是這裡嗎，韓宇庭？」

「呃，是、是啊，米娜同學傳給我的確實是這個地方沒錯。」韓宇庭困惑地看了看手機簡訊裡的文字紀錄，然後又抬起頭來。

不管重複了這個動作多少次，心裡頭的驚訝一點也不會減少吧！

「那隻吸血鬼……不，伊莉莎白真的住在這種地方嗎？」

龍羽黑舉起了手指開始比劃——從左到右，兩側的圍牆大約各有數百公尺，一直延伸到了馬路的盡頭，而他們眼前則是一扇三公尺高、氣派得不像話的對列大門。

「吸血鬼族……是雲景市內最大的豪族啊！」

「這、這裡看起來比學校還要大呀！」

最令人困擾的是這棟以豪宅之名稱呼絕對當之無愧的巨大寓所，竟然沒有設置門鈴或是通訊裝置，該怎麼辦？韓宇庭看著門上一對銅鑼大小的門環，該敲敲它們嗎？

他望著自己毫無肌肉的上臂，開始懷疑自己有沒有這種力氣。

就在不知該如何是好的時候，這扇門忽然向左右打開。

「嗨，你們來啦？」

狼人少女米娜出現在門口，朝因為錯愕而分別跳向左右兩旁的二人揮手致意。

「米、米娜同學，妳怎麼會穿成這個模樣？」

雖然心裡頭一下子湧上了好多疑惑，但是韓宇庭脫口而出的第一個問句卻是關於對方的穿著……果然還是好在意這件事情。

「嗯，有什麼奇怪的嗎？」

「這……妳覺得這不奇怪嗎？妳現在穿的可是女僕裝啊！」

米娜掩嘴一笑，「是啊，因為我確實是女僕。欸，好了，兩位請往這邊走吧，主人已經等候多時了。」

「主人？」

韓宇庭與龍羽黑一臉糊塗地跟著狼人少女進入庭院，巨門在他們身後緩緩關閉，發出了隆隆如雷的響聲。

這是一座十分漂亮的庭院，草皮修剪得整整齊齊，綠草如茵，隨處可見許多精美的大理石雕刻，泉水朝天空噴出亮銀色的水花，映出七色彩虹，院中不時見到開枝散葉、廣袤成蔭的大樹。

沿途還有許多僕從忙碌地走來走去，不過米娜似乎全不在意，大搖大擺地從他們身邊走過，彷彿這些都早已是她日常生活的一部分。韓宇庭注意到所有人全都來自於不同的智慧種族，其中並沒有人類。

米娜領著他們走向其中一棟建築，離主館稍微有一段距離，從位置上來看應該是別館。

「這就是伊莉莎白主人居住的地方。」

「自己一個人住一棟房屋嗎？」

對於必須和姐姐、哥哥一起塞在一間狹小中古屋裡頭的龍羽黑而言，這顯然極為震撼。

曾經看過他們家裡頭疊了金山銀山的韓宇庭心中十分納悶，龍並不是沒有那個財力，為什麼要選擇住在那麼平凡的地方？肯定有特殊用意吧？

一道矮小的金髮身影站在玄關處，雙手抱胸，看上去好像已經等得不耐煩了，仔細一看，果然是伊莉莎白。

米娜來到伊莉莎白面前單膝跪下行禮，別館裡還有許多女僕來來去去，沒有人覺得她們之間的舉止有什麼不自然。

「好了，客人，我們上樓去吧。」

「慢著，米娜，妳為什麼會稱呼伊莉莎白為主人？」龍羽黑抓住了米娜的手，然後凌厲地瞪視著吸血鬼少女，「妳們不是同學嗎？」

「客人您在開什麼玩笑，伊莉莎白大人是我的主人啊。」米娜輕鬆自在地說道，「請先上去讓我們好好招待兩位吧！」

說完把半推半就的兩人請上樓，而這一路上伊莉莎白都緊繃著臉，一句話也沒說。

他們來到別館二樓最深處的房間，這是伊麗莎白的寢室，裡面的空間足足有韓宇庭寢室的十倍大，擺設更是豪華到讓兩人都說不出話來。

一進到房內，伊莉莎白馬上鎖上門，又設置了一些不知道是什麼作用的器具，四周圍接連響起了上鎖的聲音，防備得滴水不漏。

「現在可以安心說話了。」

韓宇庭這才發現所有的門窗都是緊閉的，還必須仰賴強力空調的運轉，才不會空氣沉悶。

「不好意思，如果我不這樣做的話，外頭的人肯定會說閒話。」

在這房間裡，就連米娜也能卸下了原本恭敬的神色，在他們面前顯露出發自真心的笑容。

「事到如今也沒有什麼好隱瞞的，其實我跟伊莉莎白住在一起，而且是以女僕的身分在這裡打工唷！」

「米娜妳真厲害。」龍羽黑欣羨地說道，「我們的年紀一模一樣，可是妳居然已經自食其力了。」

「這也沒什麼，還要多虧了伊莉莎白的父親願意給我這麼好的機會。這份工作其實滿輕鬆的，只要伺候好我們的小公主就行了，龍羽黑，說不定妳也能夠勝任唷！」

「要我伺候這個傢伙，不可能！」

「我也不需要妳來伺候。」伊莉莎白大聲抗議，「米娜，妳別再這樣子糗我了。」

「哈哈哈，我知道了，不鬧妳們就是了。嗯，我先去幫大夥兒準備茶水，你們慢慢聊。」

比起在外面，伊莉莎白的表情也柔和了不少，「好啦，現在正式歡迎你們來我家玩，韓宇庭，我找張椅子給你坐，還有……哼哼，地板還有許多空間，龍妳就隨便找個不礙眼的地方趴著吧！」

「妳說什麼，這個可惡的吸血鬼！」

「哎唷，居然敢動手打主人？真是沒禮貌的客人。」

「哼，我這是因應主人的禮節。」

「啊啊，看我怎麼教訓妳！」

龍羽黑和伊莉莎白兩人，一旦見面總少不了一番唇槍舌劍，甚至打打鬧鬧，韓宇庭雖然為難地苦笑著，卻沒有刻意阻止，因為這也算是她們之間獨特的互動方式吧。

然而，臉上的笑容很快地凝固下來，他的心裡縈繞著揮之不去的一絲絲不安，正確來說，那應該是一種略微錐心的痛楚才對。

吸血鬼問我最近是不是被咬過，可正是伊莉莎白同學咬了我……緊接著龍同學就被吸血鬼襲擊了……

韓宇庭下意識地把手伸到了脖子上撫摸著。

若要他認為這兩者之間完全沒有關係，那是不可能的。

望著伊莉莎白對龍羽黑所露出的那副面孔，看似不耐實則無法隱藏起來的笑意，那真的是她發自真心的笑容嗎？

他又應該怎麼看待這件事情呢？

「喔，看來妳們聊得很愉快嘛！」

就在這時候，米娜端來了冒著熱騰騰白煙的茶壺，她把茶具放到了巴洛克風格的小桌子上，開始為每個人沖泡清香的水果茶。

「我還帶來了玩具，想說可以讓妳們一起玩。」

米娜指的應該是這個最新款式的電視遊樂器吧！然而只要是這種高科技的產品，都會讓龍羽黑露出陌生又困惑的表情，伊莉莎白自然沒有放過這個好好嘲笑她的機會。

「哈哈，龍，難道妳不知道電視遊樂器嗎？」

「呃、呃……誰說我不知道的？」

「好了，伊莉莎白，不可以對客人這麼沒風度。妳來幫我接這些線。」

就在米娜按下了某顆按鈕之後，房間裡的某一堵牆忽然朝著左右開啟，龍羽黑頓時因為接下來出現的場面驚得目瞪口呆。

「呃，這是什麼呀，伊莉莎白，難道妳的房間裡頭有電影院嗎？」

「什麼電影院啊？」伊莉莎白對於龍羽黑的問題顯得有些不知所措，「這不是啦，這只是電視。」

龍羽黑睜大眼睛，「這東西都快跟我房間的牆一樣大了，妳平常都用這麼誇張的東西嗎？」

「畢竟我們是四大上族之一啊，用的東西也要跟別人不一樣才行。」米娜說道。

伊莉莎白把一支遊樂器手把塞到黑髮少女手裡，接著又找來幾個軟墊，與龍羽黑兩人舒舒服服地把身體塞進軟蓬蓬的墊子裡頭。

「真難得有人可以陪伊莉莎白一起玩遊戲，平常只能和我一起破關實在很寂寞呢。」

「說、說什麼呀，米娜，只要跟妳在一起，我不可能會產生那種想法。」

「嘻，我也相信如此，但還是多一點朋友比較熱鬧，不是嗎？」米娜呵呵笑道，「對了，韓宇庭，你不一起過來玩嗎？」

「不了。」韓宇庭搖搖頭，「我想先看看那些關於智慧種族的史料，可以嗎？」

「哈，韓宇庭，你這個人真是的，難道對於智慧種族的事情就這麼關……咦？」

心思細膩的米娜，這時也察覺到了韓宇庭的臉色有些不太對勁。

「那我先帶韓宇庭去看史料，妳們自個兒玩吧！」

用不著她吩咐，伊莉莎白和龍羽黑早就開始玩遊戲了，即使是在遊玩的途中，兩人也少不了要互相鬥個幾句。

「史料都放在本館，請跟我來。」

韓宇庭隨著米娜起身離開，但是要從伊莉莎白的房間出去，必須先解開重重的鎖才行。

韓宇庭將這一切都看在眼裡。

這個地方壓抑的氣氛，比起少女的寢室，感覺起來更像是一間牢房。

「設置這麼多道鎖有什麼意義嗎？」

不管怎麼說，即使不是對智慧種族特別有研究的人，也都該知道吸血鬼在雲景市內握有強大的勢力。

「難道妳們會覺得不安全？但吸血鬼可是赫赫有名的上族啊！」

「那些防禦設備不是用來抵禦外人，而是用來抵禦自己人的。」

「咦，這是什麼意思？」

米娜沒有回答韓宇庭的問題，她左顧右盼，小心翼翼地窺探著外頭，看起來好像一旦外面有人，她就不敢把人帶出房間。

「伊莉莎白在這裡的生活，可說是腹背受敵。」米娜轉頭望進韓宇庭的眼底，「你是一個感覺很敏銳的人，恐怕已經察覺到了吧？」

「嗯……」韓宇庭沉吟。

「我想再怎麼隱瞞也沒意義，韓宇庭，我們需要你……還有龍的幫助。」

韓宇庭點點頭，「妳昨天晚上打給我的電話，其實是在示警吧？」

「你很聰明，一下子就猜到了。」

「不。」韓宇庭搖搖頭，「龍同學最後還是遭到吸血鬼的襲擊了。」

米娜的臉色變得蒼白，「那麼……」

「幸好來犯的人都被她的哥哥姐姐們擊退了。」

「很好，德古拉嘗到了一次慘痛的教訓，以後應該會更加謹慎考慮吧！」說到吸血鬼的家主之名時，米娜不知為何露出了尖銳的笑容，像是在幸災樂禍。

「德古拉……不是伊莉莎白同學的父親嗎？妳們……」

「這裡不方便說話。」米娜把他拉到偏僻的所在，俐落地打開門，將人推進一間小小的房間裡。

「呃……好擠。」

這房間只有一坪大，四面都沒有窗戶，本就已經相當有限的空間又被許多掛滿衣服的衣架占滿，僅容幾許旋身之地，韓宇庭被迫和米娜挨在一塊兒。

衣服堆裡面傳來窸窸窣窣的聲音。

「裡面有人？」

「嗯，我知道，你忍耐一點，這裡是女僕們的更衣室，也是那些傢伙們唯一不會進來的地方。」

「那些傢伙？」

米娜將手繞過自己的肩頭，指了指背後的貓眼。

幾名穿著華貴執事服的吸血鬼正從走廊外頭經過，不過他們對於韓宇庭等人所在的房間看都不看一眼。

正當韓宇庭納悶著米娜葫蘆裡頭究竟賣什麼藥的時候，狼人少女又有了下一步的動作。

「咦，米娜同學？」

米娜將雙手搭在韓宇庭的左右太陽穴上，一點一滴地將魔力傳入他體內。

「這……妳在做什麼？」

眼前的狼人少女轉眼之間不知所蹤，取而代之的，是一名擁有焦糖般膚色，一頭棕髮的高䠷少女，臉上露出大病初癒般的倦容。

「我沒事的。」

儘管少女嘴上這麼說，可是卻連站都站不穩，幸好韓宇庭及時將她扶住。

「謝謝你，韓宇庭。」喘了幾口氣後，少女總算能夠直起身子，「我們狼人一旦將體內的魔力完全傳送出去，就會變回人類的樣子。不管變身幾次都還是讓人很不習慣，人類的身體太虛弱了。」

說完還舉起了纖細的手，不太滿意地看了看自己的上臂二頭肌。

「這是……米娜妳的另一個樣子嗎？」韓宇庭有些茫然，「可是妳為什麼要把魔力給我？」

「因為接下來我需要你的幫忙……不對，在說到正事之前，你還有另一件事情得先幫我，如果你能再扶我一下，我會很感激的。」

韓宇庭趕快攙扶著筋疲力盡的米娜，倘若他不這麼做，米娜彷彿隨時都會摔倒一樣。

「這樣好多了……嗯，我就向你開誠布公吧，韓宇庭。」米娜毫不客氣地把上半身的重量壓到對方身上，慢慢地開了口。

「你也知道，自從龍現身的消息傳開，現在各方勢力都想要得到龍，特別是幼龍，因為大家都明白自己沒能力對成年巨龍下手。說實話，我真的很佩服銀龍跟藍龍在這種情況下還能盡力讓龍羽黑快樂上學，因為這底下暗潮洶湧的狀況遠遠超乎你的想像。」

「為什麼……大家都這麼想要得到龍同學呢？」

「因為魔力。」米娜簡短地回答道，「上族對於魔力實在太飢渴了，魔法世界的魔力在這幾百年來逐漸枯竭，各地都在鬧魔力荒，沒有了魔力，絕大多數的智慧種族都不知道該怎麼生存。尤其是上族，要是缺乏了魔力，那他們數千年來一直牢牢控制住的經濟體系就要崩解了，將來也沒辦法制住奴隸。」

「奴隸？」韓宇庭驚呼。

「有什麼好意外的？韓宇庭，像我就是吸血鬼族的奴隸。」米娜絲毫不帶感情地說道，「我聽說人類世界大多都廢除了這種制度，可是魔法世界的社會變遷慢了人類好幾百年，上族直到現在都還在蓄奴。」

「這、怎麼會如此？」

「很驚訝嗎？」米娜輕輕地笑了出來，「不然你以為智慧種族之間的關係是怎樣？」

「我聽說在魔法世界裡頭，每個種族都居住在自己的領土，大家和平快樂地生活啊。」

「哈，你可能是童話故事看太多了吧！」米娜不屑地說，「那些都是上族們向世人編造出來的謊話。如果你肯用點腦袋思考，現實狀況怎麼可能會是如此？如果你們人類會為了一些可笑的理由互相攻打，那麼智慧種族不也會做出同樣的事情？」

韓宇庭一時啞口無言，因為確實如她所說，人類世界的歷史上戰爭不斷、歧視不絕。不同的國家、民族之間，三不五時就會發生衝突，千百年來沒有一刻安寧。

「我雖然對人類的歷史不熟，但就連我也知道，你們是同一個種族，卻直到現在依然不停發生戰爭。而魔法世界中各個種族更是彼此習性、外貌天差地遠，自然不可能比人類好到哪裡去。」

「米娜，妳說的話對我實在太震撼了，但這和魔力又有什麼關係？」

「魔法世界正如其名，是個無論經濟、政治、軍事與民生……凡事都跟魔法脫不了關係的地方，想要施展魔法，就必須先要有魔力。可是對於這項資源的控制與利用方式，各個種族卻存在著天生的差異。」

韓宇庭能夠感受到米娜正不斷顫抖，難不成她想起了什麼心酸的事情？

「在魔法世界中，魔力比較強大的種族可以奴役、支配其他人。弱肉強食，到了最後，強者奪取更多魔力資源，益發強大。」

「難道沒有人出來制止嗎？」

「怎麼制止？弱小的種族一出生就是比較弱小，有實力對抗四大上族的，也就只有其他的上族成員而已。」伊莉莎白聲音低低地說道，「真正平等、和諧的世界，不過只是『龍代』的神話傳說。」

「但是，在人類世界的智慧種族們，並沒有像妳說的那樣啊！」

「能夠來到人類世界的當然都是各個種族的精英，還有很多人還留在魔法世界沒辦法過來。每年能夠跨越次元海關的人數一直都是有限的。你現在看到的一切情景，都只是因為人類世界魔力缺乏的均貧現象，假使有哪個種族能夠先找到穩定的魔力來源，這個均衡就要被打破了。」

韓宇庭面色如土，被伊莉莎白揭露的真相震懾得無法言語。

「龍……龍同學就是那個打破均衡的關鍵，對吧？」

「沒錯。」米娜點了點頭，「吸血鬼族已經和人類的魔法師勾結在一起了，韓宇庭，我必須先向你致歉，你被伊莉莎白咬過之後，身上確實被下了魔法，引導吸血鬼族的大法師找出龍的居所，可是這並不是她的本意。」

她自責地說道，「如果你要怪罪，就怪罪我好了。伊莉莎白也是為了救我……正如我之前所說，我只是狼人族上供給吸血鬼族的奴隸，錯就錯在我跟她之間發生了超越主僕的情感。即使殺掉我，德古拉的眼睛也不會眨一下的，伊莉莎白只有被迫服從她父親的命令。」

「這樣啊……」韓宇庭心中百感交集，「但妳們如今已經不只是主人與僕人的關係了吧？」

「是、是的……我們是……最要好的朋友。」

「我也……一樣把妳們當作朋友。」韓宇庭慢慢地舉起了手，輕柔地撫著米娜的頭髮，棕髮少女伏在他的肩膀上，輕輕地發出了哭泣的聲音，「我會幫忙妳的，請儘管告訴我該怎麼做吧。」

「謝、謝謝你。」米娜發洩完情緒之後，揉揉眼睛從韓宇庭身上離開，「我就長話短說，伊莉莎白得到情報，今天德古拉會和人類魔法師的代表碰面，你得從他們的對話之中查明他們的合作究竟到了哪個程度。」

「妳是要我去偷聽？」韓宇庭覺得十分惶恐，「可、可是，難道不會被人發現嗎？」

「嗯，放心吧，我找了一個祕密武器來協助你。」米娜胸有成竹地說，「即使是德古拉，也沒有辦法用魔力偵測找到你的存在。」

「妳說的祕密武器是什麼？」

「問得好，現在就該妳登場了。」米娜說完戳了戳房間裡頭的衣服堆，「出來吧！」

韓宇庭這才猛然想起房間裡還有其他人的存在。

這麼說來，對方把他和米娜的對話全聽進去了，這樣難道不會有危險嗎？韓宇庭的心臟撲通撲通地跳得好快。

但是，既然米娜敢毫無顧忌地在對方面前顯露情緒，就代表著那個人同樣也是夥伴吧！

「真是的，叫我躲在這裡那麼久，是要悶死我嗎？」

從更衣室深處傳出來的聲音，以及撥開那一堆小山般的衣服鑽出來的身影，使得韓宇庭大吃一驚。

「黎雅心？」

七、為了獵捕龍而行動

韓宇庭對眼前這棟富麗堂皇的建築發出驚嘆。

本館是棟比別館大上好幾倍的雄偉建築，以它的規模來看，也可以說是一座只是體積較小、但同樣窮極奢華的皇宮吧！

「好了，別再看了，你會讓那些吸血鬼起疑心的。」黎雅心不客氣地拍了拍韓宇庭的屁股。

韓宇庭漲紅了臉轉過頭來。

「不要這樣啦，我要告妳性騷擾喔！」

「告我？要搞清楚，被我這樣的美少女吃豆腐是你的榮幸。要是不滿意的話，你也可以摸回來啊，只不過我會叫。」

「妳叫的話，米娜的一番苦心可都要白費了。」韓宇庭白了身旁的好友一眼，「不過我還真沒想到，原來妳說的打工是在做這個……難怪妳不敢讓我和砲灰知道。」

不過如果換作是韓宇庭自己，要向親朋好友宣布自己跑去當女僕，恐怕也會有一番心理障礙吧。

「哼，這、這只不過是不想要便宜你們，讓你們看見本大爺穿女僕裝的模樣罷了。」黎雅心紅著臉反唇相譏。

「妳穿這成這個樣子還滿好看的。」

「說、說什麼鬼話？」

韓宇庭的一句無心稱讚竟然讓黎雅心大大地動搖起來，可是慌張沒幾秒後，馬上又換上一副奸笑的神色，「不過還是比不上你呀，韓宇庭先生……噢不，小姐。」

「不要再說了！」韓宇庭手忙腳亂地拉扯著身上的衣服，皺著一張苦瓜臉，「這件事情千萬不可以讓砲灰知道。」

「萬一讓他知道你穿過女僕裝，肯定會拿這件事笑你一輩子。」

「說、說好了，這是我們兩個之間的祕密。」

「知道啦，我們現在可是坐在同一條船上，要互相保密啊。」

「唉，還不是米娜說什麼要潛入本館沒有其他好辦法了，我也不會穿上這種衣服。」

「你穿成這個樣子還滿好看的。」

「可惡……」韓宇庭好想找個地洞鑽進去。

兩人走進本館，一路上韓宇庭始終低著頭，深怕別人發覺他有哪裡不對勁，但似乎根本沒有人多看他們一眼，這個宅第之中有太多人跟太多事要忙碌。

「抱歉，我們是來打掃的。」

「打掃？」會議室裡頭管事的吸血鬼眼神凌厲地掃過兩人。

韓宇庭嚇得不敢言語，只能惶恐地盯著地板，就怕被人察覺他是男扮女裝。

「會議都已經快要開始了才想到打掃，妳們這些下民是皮在癢了吧？」吸血鬼態度傲慢，甚至用力打了黎雅心一巴掌，「不要忘記了，像妳們這種低下的智慧種族，沒有吸血鬼的幫助，怎麼有辦法讓故鄉的親人度過次元海關？」

韓宇庭深吸一口氣，事後回想起來，真不知道自己當時是如何強忍的。

黎雅心默不作聲，逆來順受地低下面孔。

「是的。」

「趕快把工作做完就滾吧，等一下這裡將接待德古拉大人的客人，任何人都不准接近。」

黎雅心順從地回應，拽著韓宇庭的袖口，兩人趁著吸血鬼不注意的時候，悄悄溜進了緊鄰會議室的小房間。

這裡可能是儲藏室，凌亂地堆滿了雜物，地板和用不到的桌椅都遍布滿了灰塵。

「我、我們接下來要怎麼做？」

「我之前來這邊打掃的時候有稍微勘查過環境。」黎雅心簡略地回答，仔細觀察了周圍一陣子，接著來到一堵牆前。

「幫我把掃具櫃裡頭的東西都移走，然後搬過來。」黎雅心指了指這面牆壁說道，「隔壁就是會議室，我們可以藏在這裡偷聽。」

「但、但是妳確定不會被發現嗎？」

「照我說的話去做就對了。」

大概是因為剛才無緣無故挨了一巴掌，黎雅心的心情不太好，還不時伸手去捂紅腫的地方。

「抱歉，韓宇庭，我不是故意凶你。我真的有保護我們安全的辦法，可是我不願意太早向你說明。」黎雅心無奈又複雜地望著韓宇庭，「我有一、兩個祕密一直瞞著你們，一想到這點我就覺得很不舒服。」

「沒有關係，無論什麼時候，等妳想講的時候再講吧。」

黎雅心投以感激的目光。

這時，隔壁房間傳來一陣騷動。

「啊，有人來了，快點躲進去。」黎雅心著急地催促著，然後把韓宇庭趕進掃具櫃裡，自己也跟著硬擠了進去。

櫃門一關上，裡頭便是一片黑漆漆的，韓宇庭看不見黎雅心的模樣，只能感受到跟自己幾乎貼在一塊的對方的體溫，以及不斷拂向臉上的鼻息。

「好了，你待會可不要嚇得叫出來，我要變身了。」

「變身？」

「嗯，這件事我一直沒告訴你和砲灰，其實我是智慧種族啦。」

黎雅心故意把話說得輕描淡寫，但對於和她相識這麼久的韓宇庭而言，這可不是一件沒什麼大不了的事。

「妳是……什麼？」

「我是半個智慧種族。我是拉彌亞——蛇身女妖。」

「呃……唔……」

韓宇庭察覺到櫃子裡頭有些事情在起變化，一條粗大的、冰涼的、似乎滿是鱗片的長條狀物體正逐漸占滿整個空間，並且慢慢沿著他的身體捆綁住他，一時之間，他緊張得連大氣都不敢吭一聲。

「怎麼，你害怕我了嗎？」

黎雅心故作俏皮地說著，然而語氣卻有些顫抖。

「幸好這櫃子裡頭黑漆漆的，你看不見我變身後的樣子。我就是怕你們會對這副醜陋的身軀感到恐懼，最後就變得討厭我了。」

蛇軀不自在地扭動，黎雅心說的究竟是玩笑還是真心話呢？

「畢竟蛇身女妖族在神話故事裡面可是吃人的怪物啊！」

黎雅心自嘲地說道，但是這次韓宇庭卻不打算買她的帳了。

「雅心……」

妳老是深怕把氣氛弄得沉重，明明逼迫著自己也要強顏歡笑；總是在幫我和砲灰解決問題，當自己發生問題的時候卻選擇獨自承受；從來不歧視別人，卻又不知為何感到自卑……

我為什麼會和妳這種人是朋友？

「黎雅心妳這個笨蛋，笨蛋，笨蛋兼豬頭！」

「咦？」

「我不會怕妳的。」

韓宇庭慢慢地把手從蛇身中抽離出來，沿著這巨大的身軀撫摸著，在光滑鱗片的末端連接著的肉體上，感受到屬於人類的溫暖和柔軟。

「我連妳屁股上有幾根毛都知道得一清二楚，怎麼可能會覺得妳有什麼可怕？」

「不，那個，你才不知道吧！」

當黎雅心握住他的手時，已經不再顫抖得那麼厲害。

「妳都認識我多久了，難道忘了我是智慧種族迷嗎？無論妳長什麼樣子，我都不會討厭自己的朋友。」

「呃……」

「況且，我所認識的黎雅心，可不是這樣一個容易消沉的人。」

「嗯……你說的對，謝謝你，韓宇庭。」

接下來是片刻的沉默。雖然聽不到一點聲音，但是韓宇庭知道黎雅心一定已經振作了。

「為什麼妳要一直瞞著我們這件事？」

「這種事我怎麼好意思啟齒呢？」黎雅心嘖嘖了兩下，接著低聲說道，「我的母親是蛇身女妖，她早在次元海關開啟前就來到人類世界了，就是所謂的偷渡客。」

韓宇庭靜靜地聽她說明。

「當初魔法世界的人在決定打通次元海關之前充滿了疑慮，他們害怕無法適應人類世界的空氣和水，所以，他們犯下了一個醜惡的罪行。」

「什麼罪行？」

「上族們驅趕弱勢的種族，強迫他們先來到人類世界。經過數年後，確定生存沒有問題，才開啟了次元海關。我們蛇身女妖族並不是腦袋很靈光的種族，在魔法世界一直被當成下等種族看待，母親希望我能夠隱藏身分，一直當個人類就好。」

「妳的母親十分偉大，妳不應該為了自己身上的血統覺得可恥。」

「是嗎……謝謝你。但我的人類血統本來就屬於顯性，平時會蓋過母系的型態。沒想到就算這樣，吸血鬼還是有辦法查出我的血統，並且以此要脅我。」

「妳怎麼會跑到這裡工作呢？」

「當時我只是貪圖高昂的工資就跑來應徵打工，哪知道這個地方這麼血汗。」黎雅心憤憤不平，顯然遭受了很多委屈，「我騙他們說我還有家人留在魔法世界。現在要經過次元海關的人數多得都排到天邊去了，吸血鬼族看準很多智慧種族需要靠賄賂或是別的方法，才能讓家族走後門提早通關，所以對待僕役很苛刻。」

「真是個可惡的種族……」

「他們遲到會得到報應的，只不過現在吸血鬼族的勢力依舊很龐大，畢竟只要有鮮血的地方就能取得魔力，比起其他三個上族仍然很有優勢。」黎雅心說，「雖然我只有繼承一半的蛇身女妖血統，不過我的力量是他們奪不走的。韓宇庭，我們這一族有樣特別的能力，可以完全斷絕魔力的氣息，只要你和我的身體有接觸，哪怕吸血鬼有通天的本領也無法偵測到我們，不過你也沒辦法反向偵測他們就是了。」

「原來如此，難怪米娜稱呼妳為祕密武器。」

「嗯，我跟米娜身上有許多共通之處，我們時常互相幫助。」黎雅心說，「在這棟宅第裡頭，伊莉莎白是唯一一個會同情我們的吸血鬼。我想這是因為她特殊的成長背景，以及所受的人類教育吧！」

「伊莉莎白同學的成長背景？」

「這件事以後再提吧，你有注意到嗎，德古拉和客人已經開始會談了。」

韓宇庭連忙閉上嘴巴，專注聆聽。

透過這堵隔音不是很好的牆壁，他們可以斷斷續續地聽見隔壁會議室裡傳來的模糊對話聲音。

「很榮幸再度和您見面，德古拉大人。」

這個聲音讓韓宇庭驚訝得差點咬掉舌頭。

「巫老師？」

黎雅心同樣訝異不已。

「先仔細聽吧……」

韓宇庭勉強擠出這幾個字，雖然他恐怕比黎雅心更需要鎮定。

在牆的另一邊隆隆升起的是吸血鬼族現任家主充滿威嚴的聲音，光是用聽的就能感受到這人的性格一定非常傲慢。

「停止不必要的寒暄吧，巫海生，從你還是個學徒時我就已經認識你了，直接進入正題。」

「是的，很榮幸能與您分享這個好消息，我們已經充分掌握了龍身邊的線人。」巫老師像是在邀功般地報告，「我們找到了一位和幼龍關係親近的學生，並透過您女兒的幫忙向他下了暗示，現在他對於學習魔法非常熱衷。假以時日，這位學生將被我們魔法師教團吸收，為我們提供有關龍的第一手資訊。」

韓宇庭簡直不敢相信自己的耳朵，「難道打從一開始，巫老師在教我魔法時就已經不安好心眼了嗎？」

一股寒意迅速地沿著脊椎擴散到全身，自己竟然差點陷入這麼可怕的陷阱。如果不是竭力忍住的話，恐怕這雙打顫的腿腳會把掃具櫃弄得砰砰作響，害得他們身陷危機吧。

「韓宇庭，早就跟你說過，你這傢伙太不懂得防備別人了。」

這時回想起來，自從巫老師開始教他魔法以後，自己的確是一頭熱，每天都只想要獲取更多的魔力。

可是，可是一開始並不是這個樣子的，他只是為了學習更多有關智慧種族的知識，想要更加了解魔法這門技藝才去拜訪巫老師的。

他究竟是從什麼時候開始忘卻了初心？

我對巫老師太不提防了……韓宇庭深深懊悔著自己的警覺心不夠。

而牆壁的另一側，魔法師們與吸血鬼的對話仍在繼續。

「不錯的計畫！」德古拉意有所指道，「看來你們魔法師也不算太差，我們吸血鬼一族怕是要多多注意，不然一個不小心，可能就和那學生一樣了。」

「唔！」察覺到對方另有深意的巫老師謹慎地開口，「德古拉大人此話何意？」

「繼續說下去吧，海生。」德古拉的語氣聽起來懶洋洋的，「在這項計畫中，你的工作是什麼？」

「我是那名男孩的導師。」巫老師繼續說道，「我接受到教團的指派，務必在最短時間中訓練他成為魔法師。」

「海生，聽說你還真的跑去高中當老師，看來你是真的很熱愛教學活動。不過，我更關心的是另外一件事情。」

「請說。」

「昨夜我們派出去的大法師們一個都沒有回來，巫海生，你們給予的情報到底正不正確？」

「您說什麼？」巫海生相當訝異，「您已經展開行動了嗎？可是我們還沒有徹底掌控住那孩子，而且這、這跟我們當初說好的不一樣啊！」

「我可不記得我們之間有過什麼樣的約定，巫海生。現在其他上族也在和我們競爭，我們非得搶得先機不可。」

巫海生嘟囔了一陣，韓宇庭聽不太清楚，但肯定是一堆想說卻又不能說得太明顯的怨言吧！

「停止抱怨吧，巫海生，你明知道我不會聽你廢話。」德古拉不留情面地說道，「你以為我不知道嗎？你們魔法師同時也在跟次天使、翼魔、妖狐族合作，我不過是睜一隻眼閉一隻眼，不想揭穿。」

「呃……」

「我們吸血鬼族的大本營就位在雲景市，等到其他三族集結完兵力，我們早就把幼龍拿下了，你們魔法師應該好好想一想，誰才是最值得投資的合作對象。巫海生，如果還想要繼續得到吸血鬼的友誼，你最好立刻採取行動。」

「我該做什麼？」

「第一，把我的人找回來。」德古拉冷酷地說道，「這些傢伙雖然不中用，但好歹也是吸血鬼族的一分子，即使要死，也應該死在我的手下。」

「您是要我們去對付龍？」巫海生駭異地說，「這是要我們去送死啊！」

「條件就在那裡，要不要做隨便你。」德古拉完全不把對方放在眼裡地說，「你可以現在拒絕，也可以聽聽我的第二個條件。」

「請說。」

「抓住那條幼龍。怎樣，夠簡單了吧？」

「哈！」巫海生發出乾笑，語氣強烈地不滿，「這和第一個要求有什麼分別？」

「有一點點不一樣，因為這條幼龍……你可知道現在在何處？」

「在哪裡？」

「就在我的宅第的某一棟建築裡。」

「什麼？」巫海生大驚失色，「為什麼……啊，現在再去探究原因已經沒有意義了。德古拉大人，難怪您這麼有自信。」

德古拉冷笑，「怎麼樣，這是個很好玩的捉迷藏遊戲吧？」

巫海生沒有回答，而是長長地吁了一口氣，這口氣已經道盡許多想法。無論如何，身為魔法師教團精英的巫海生，肯定深知在別人屋簷下不得不低頭的道理。

「這已經是很大的優惠了，巫海生，要不是看在你也算是我的半個弟子，我才不會賣你這個面子。」德古拉像是很滿意地說道。

「我們應該要感激你，是嗎？」巫海生不情不願地說道。

「這就要看你們怎麼衡量了。」德古拉說道，「我還有事要忙，希望等我回來以後，能夠聽到好消息。」

牆後傳來一陣拉門的聲音，接著有人踱步離開。

隔壁再也沒有傳來說話聲，想必巫海生現在正在思考利弊得失吧！

先不管他會做出什麼樣的決定，躲在衣櫃裡頭的韓宇庭和黎雅心兩人早已嚇得面無血色。

「完蛋了，為什麼德古拉會知道龍同學來這裡的事？」

「笨蛋，這裡是他家啊，他怎麼可能不知道？倒是你們居然會蠢得自投羅網！」

即使櫃子裡頭擁擠得連動都沒辦法動，黎雅心仍然有本事朝著韓宇庭的頭上一陣亂打。

「別打我！我也不知道會這樣啊！」韓宇庭無辜地說道，「是銀龍和藍龍執意要我來的……」

銀鱗與藍翼……對了！

「雅心，妳不要緊張，既然龍敢讓我們來，說不定牠們早就知道會發生這種事情了。」

「笨蛋，你這是在祈禱巨龍早就準備好了應對的辦法嗎？牠們又不是神，怎麼可能什麼事情都未卜先知。」

韓宇庭馬上就被黎雅心臭罵了一頓，心裡頭暗自慚愧，搞不好一切真的只是他太過樂觀。

「更何況，羽黑她們的危機近在眼前，就算龍有能力阻止這一切，牠們來得及嗎？」

「這個……」

隔壁會議室裡頭終於傳來巫海生決斷的聲音。

「我們出發！」他大聲喊道，「德古拉給了我們很好的機會，沒有理由放掉。就算要掀翻整棟宅第，也要把幼龍給找出來！」

他這趟可能率領了不少魔法師，因為接下來響起的腳步聲連藏身的櫃子都為之震動。

「羽黑和伊莉莎白她們有麻煩了。」黎雅心慌張地揪著韓宇庭的脖子。

「放、放手，雅心，我快不能呼吸了。」韓宇庭拚命地撥開這不知是黎雅心的手還是尾巴的部位，喘著氣說道，「我們得去救她們！」

「怎、怎麼救啊？」黎雅心哭喪著臉說，「對方可是一群大人。」

「至少也得警告她們吧！」韓宇庭努力地打開鐵櫃，「趁現在我們還占有一點點先機的時候，至少我們知道龍同學她們藏在哪裡。」

「好……好……嗚哇！」

鐵櫃的門一下子被韓宇庭踹開了，為了爭取時間，他甚至變得比平常還要粗暴，結果門一打開，藏身櫃子裡頭的兩個人就骨碌碌地滾了出來。

這全都是因為黎雅心的身軀太過龐大的緣故，她根本不是站在櫃子裡，而是把自己硬塞進去的。

「別、別看了……」黎雅心拚命地遮住自己的下半身，可是那麼長的綠鱗蛇軀卻在韓宇庭的面前顯露無遺，「很醜啦，嗚嗚……」

「一點也不醜。對自己有點信心吧，雅心。」韓宇庭聳了聳肩，接著又補上了一句說道，「妳這個樣子還滿好看的啊！」

「笨、笨蛋！」黎雅心不知道是該哭還是該笑，「不要一直盯著女生的下半身看啦！」也許她說這些話純粹只是為了掩飾內心的不好意思吧。

不過她沒有忘記他們身處的事態十分緊急，迅速將蛇尾收回變成人類的雙腳，這過程痛得她不禁面容扭曲。然而黎雅心還是忍住痛苦，並在恢復完畢後馬上站了起來。

「快點，我們沒時間了。」

韓宇庭點點頭，立刻推開儲藏室的門。會議室中空無一人，所有人都出發去找尋龍羽黑的下落了。

他們一刻也不停留，立刻從本館裡頭逃了出去。

「快了，就差一點。」

沒多久，距離別館的門口就只差那幾步路了，而魔法帥們則是到現在都還沒有見到蹤影。

正當韓宇庭的心裡鬆懈下來的一刻——

「看看這裡！」

「呃！」

那是巫老師的高喊聲，眨眼間，十幾名魔法師從別館外的一角衝了出來。

「韓宇庭？」巫老師大吃一驚，慌張地停下腳步，「你怎麼會在這裡？」

「巫老師……呃！」

韓宇庭和黎雅心遇上這突來的變故，頓時措手不及，呆呆地站在別館門口。也許當他們再經歷多一點事情，就能裝出若無其事的模樣，把一切蒙混過去，可是現在他們臉上的表情卻早一步出賣了他們。

「你會在這裡，那就代表……」巫海生的腦筋轉得很快，他馬上抬頭，「幼龍一定也在這棟屋子裡頭，對吧？」

「我、我不會讓你對龍同學出手的！」

「什麼？」巫海生驚奇地說道，「你怎麼會知道這件事？」

「我、我都聽到了。」韓宇庭咬著嘴唇，把心一橫，完全豁出去了，「你利用我來接近龍同學，甚至讓其他吸血鬼有機會對她動手。」

「想不到你居然都知道了。」出乎預料地，巫海生不但沒有生氣，反而惋惜般地長嘆了好幾聲，「唉，真是慚愧，本來天衣無縫的計畫，現在看來實在是漏洞百出。不過放棄吧，韓宇庭，我今天一定要得到幼龍不可。」

「為、為什麼你要這樣做？」

對於一度相當信任巫老師的韓宇庭，遭受背叛所感受到的痛苦要比任何時候都更為強烈。

「因為魔法師捨不得放棄已經得到手的事物，也就是魔法。」

「這沒有道理。」韓宇庭鼓起勇氣，大聲說道：「魔法本來就是龍族的東西，魔法師們一直以來享受著從別人那裡偷來的好處，如果龍真的跑來興師問罪了，難道魔法師還能有任何抗拒的理由嗎？」

「但魔法也是魔法師們努力了許久才掌控的力量，怎麼能說剝奪就剝奪呢？」

「這、這論調未免太自私了。」

「是龍先不給我們生路的，韓宇庭，歷史上的魔法師一直努力獲取更多的魔法，而也一直遭受龍的阻礙。龍想要獨占魔法的知識，不承認人類也有使用魔法的資格，牠們才是最自私的一群。」

韓宇庭愣了愣，「可是，這和我聽到的不一樣。」

銀龍曾經說……銀龍曾經說，人類也有使用魔法的資格。

「我聽不懂你在說些什麼，但是我現在給你最後一次機會，如果說魔法師與龍發生了衝突的話，你要選哪邊站呢，韓宇庭？」

「我要……選哪邊站？」韓宇庭睜大了眼睛，就在這時，他想起了龍羽黑，眼神變得堅定起來，「我要站在龍族這邊！」

他說完後立刻覺得自己很傻，眼前站著的可是魔法師啊！他竟然就這樣說出了可能會激怒對方的字句，但是，心中卻一點也不感到懊悔。

「我只是做了我覺得正確的決斷。」他喃喃自語地說著。

「很好。」巫海生面色鐵青，舉起了手掌。

韓宇庭明白，他要施展魔法了。

背後的黎雅心發出一陣哀鳴，躲到韓宇庭身後。

不知道巫老師生氣起來會用什麼樣的方法對付他，果然心中還是有點害怕，韓宇庭忍不住想要閉上眼睛，但是終究沒有付諸實行，而且身體也仍舊站得挺直，不打算退縮。

等待著他的，會是多麼恐怖的折磨呢？

閃電開始在巫海生的手上滋滋發亮。

「真是的，韓宇庭，你竟然害得我不得不向自己的學生下手。」就在氣氛逼近最高點的時刻，巫海生忽然語帶怪罪地說，「其實我並不想這樣子做。」

「咦？」

巫海生垂下嘴角，從眼中流露出真心感到惋惜的情感，明明手上的魔法還在凝聚著，可是看起來，他好像寧願更繼續和韓宇庭對談下去。

「我其實並不認同教派裡頭很多老古板的想法，包括他們為了延續自己的利益，居然把腦筋動到像你這樣的孩子身上，這樣的行為真是說不出地醜惡。韓宇庭，我認為龍不可能毫不考慮就選中你，你是一個很特別的人。」

「我哪裡特別？」

「你對於在眼前唾手可得的力量，特別地具有抗拒能力。但這並不是因為你很膽小，我也曾經親眼見識過你在龍的面前，挺身而出反駁牠們意見的勇氣啊。」

「不，那個是……」韓宇庭難為情地搖了搖頭，「我當時只是想救龍同學而已。」

「哈哈哈，你有著只屬於自己的力量，即使它不是魔法，也比任何魔法都還要強大。」巫老師揚起一絲苦笑，然而不久，他的表情就漸漸轉為嚴肅，「你有很多讓我很欣賞的地方，老實說，就算沒有教團的指派，我也會想收你做徒弟。可是你知道吧，很多時候真的我們無從選擇。」

巫海生歉然地望著韓宇庭，也許他的心中確實有很多無奈。

「如果你好好想一想，就會發覺灰袍法師的事件沒有那麼簡單，那些人不過是一群不學無術的小流氓，怎麼可能會有那個才智跟膽量綁架幼龍？若說背後沒有高人指點，那是不可能的。可是，韓宇庭，如果追溯上去，一定會牽扯到上族，換言之，這幾乎是在動搖兩個世界的根本。」

巫海生所聚集起來的閃電，已經大到可以整個包覆住他整個手掌了。

只是要對付兩個孩子，有必要花費那麼多魔力嗎？他的部屬有些不安地看著他。這一擊過後，沒了魔力巫海生在對付龍的戰鬥中很可能將派不上用場，可是他看起來並不在乎。

巫海生心裡面的某部分，應該很享受教導韓宇庭的時光。

「還有，雖然我看你和那頭幼龍的感情好像很好，可是你必須時時記得，龍並不是你所見到的那麼單純的生物。」他說道，「你還記得面對銀龍、藍龍的時候嗎？」

「記得。」

「你覺得牠們的性格和你的鄰居相似嗎？」

韓宇庭悚然一驚，緊接著搖了搖頭。

當然不一樣，他怎麼會忘記呢？當他在面對著巨龍「銀鱗」——他那最喜歡捉弄人，卻也總是對人很親切的鄰居龍鱗銀的真身——時，所感受到的壓力。

巨龍彷彿對韓宇庭毫無感情，將他視為一條小蟲子，隨時可以殺死。

而另一頭巨龍「藍翼」甚至比銀鱗更加冷酷，恐怕任誰也無法想像，藍翼的化身龍翼藍卻是一個溫和敦厚的好人。

「龍同學……她的真正模樣也會有和現在不同的性格嗎？」

韓宇庭不小心把心內的擔憂說了出來。

「這個我們恐怕永遠也不會了解。韓宇庭，巨龍這種生物的謎團太多了。」巫海生像是很抱歉般地嘆了一口氣。

「我、我知道了。」

「如果你能繼續和我學習的話，日後一定可以得到很大的成就。儘管你心裡曾經鄙視過魔法師。沒錯，魔法師們過去幹了很多見不得人的勾當，可是在智慧種族進入我們世界的這一刻，沒有人比魔法師更能夠體會這些擁有魔法的生命體的想法。你又這麼地有熱情，也許有一天，你能夠利用魔法的知識，來解決和龍族有關的問題。」

「龍族……會是我們的問題嗎？」

「龍族會是所有人類和智慧種族的問題。牠們太強大，太難以估計。」

「可是……」韓宇庭猶豫地說，「我覺得，只要我們放下成見，也可以跟龍族變成好朋友。」

「好朋友嗎？」巫老師露出了苦笑，「如果我早一點遇到你，可能我的想法會有所不同吧，但是很遺憾。」

遺憾？韓宇庭睜大眼睛。

他是不是忘記自己身在什麼樣的環境裡頭了？

巫海生輕輕地向下揮動手腕，於是那道閃電脫手而出。

——《隔壁的美少女是隻龍不可以嗎？02》完

甚音

高寶書版集團
gobooks.com.tw

輕世代 FW137
隔壁的美少女是隻龍不可以嗎？02

作　　者　甚　音
繪　　者　雨宮luky
編　　輯　林紓平
校　　對　林思妤
美術編輯　陸聖欣
排　　版　彭立瑋
責任企劃　林佩蓉

發 行 人　朱凱蕾
出　　版　英屬維京群島商高寶國際有限公司臺灣分公司
　　　　　Global Group Holdings, Ltd.
地　　址　臺北市內湖區洲子街88號3樓
網　　址　gobooks.com.tw
電　　話　(02) 27992788
電　　郵　readers@gobooks.com.tw（讀者服務部）
　　　　　pr@gobooks.com.tw（公關諮詢部）
傳　　真　出版部　(02) 27990909　行銷部 (02) 27993088
郵政劃撥　19394552
戶　　名　英屬維京群島商高寶國際有限公司臺灣分公司
發　　行　希代多媒體書版股份有限公司/Printed in Taiwan
初版日期　2015年4月

國家圖書館出版品預行編目(CIP)資料

隔壁的美少女是隻龍不可以嗎？/ 甚音著.-- 初版. -- 臺北市：高寶國際, 2015.04-
　冊；　公分. --

ISBN 978-986-361-134-9(第二冊：平裝)

857.7　　　103027951

三日月書版

三日月書版

GOBOOKS
& SITAK
GROUP©